好好吃大冒險1

棄食島大翻身

阿德蝸／著　米奇鰻／圖

被丟棄的食物們竟然……
變成了妖怪?!

推薦序

人生的滋味要慢慢品嘗

許建崑（中華民國兒童文學學會理事長）

三、四年前，東海大學開設「紅土學程」，要讓剛進校門的學生到田裡去，拿起鋤頭來體驗勞作，順便感受一下日常的田園生活。我正巧開設兒童文學課程，有幸參與「綠繪本」的推廣，也趁機帶著修課的同學到田野中去栽種辣椒、萬壽菊以及黃豆，讓不同植物相互遮蔭與防蟲，實踐「混合種植」的益處。每每在夕陽西下，收拾好工具，同學們秀出沾滿泥土的手掌、袖口和褲管合照時，有種說不出的快慰。都市生活型態束縛了我們，使我們失去親近泥土的機會。

知道阿德蝸老師寫了一本《棄食島大翻身》，描述小學生營養午餐與教學農場的故事，我很好奇，到底小學生與大學生對「蔬果」的看法，有何不同？茄子、青椒、小黃瓜，顯然不是受小學生歡迎的食物；「蔬食日」讓人皺眉頭，肉燥飯、雞腿餐，才是最愛。香、甜、潤、脆，迎合大眾普遍的胃口；酸、澀、苦、辣，孩子們則是避之猶恐不及。

為了要提供小讀者閱讀，阿德蝸採用奇幻手法來書寫，使主要角色進入神奇樹洞，與苦瓜精、青椒怪「正面對決」，幸好有正義使者玉米超人的幫忙，才化險為夷，也認知了這些蔬果「存在」的價值，願意化身為青椒俠、苦瓜婆，來為這些被人「誤解」的蔬果代言。

其實，阿德蝸不只是要講一個故事，而是在作品中貫穿自然生態、語文品賞與情緒管理等教育目的。我們以前對農場中的蝸牛、蛞蝓、毛毛蟲，總是去之而後快；現在理解了生物的「生存權」，才發現可以用「生態保育」的方式來平衡昆蟲數量，達到「互利共生」的狀態。而書中的角色反應靈敏、辯答無礙，能夠動腦筋解決問題，又可以用文字、講述或演戲的方式，來傳達意念，簡直是活生生的語文教材。更重要的是，幫助小讀者做心理建設，理解有些負面情緒，如憤怒、嫉妒、憎恨、恐懼、慌張，會互相感染；只有透過理性的方式來對話，才能意見具申，相互溝通。

話說回來，如果蔬果的滋味不那麼爽口，農夫們為什麼要種植呢？每一種蔬果都有獨特的營養和味道，如果烹調得宜，每一次品嘗，都是難忘的滋味。我小時候，也不喜歡蔥、薑、蒜的氣味，長大以後體驗到，要不是有這些適當的辛香料來提味，餐廳名廚可能烹調不出好的料理。

還有，人生的道路說長不長，說短不短，聽聽爸爸、媽媽說說他們艱困時的歲月，如何嘗盡辛、酸、苦、辣，正如餐桌上每道菜肴的滋味，我們就理解這些蔬果們所蘊藏的「人生密碼」了。

作者序

享受土地賜予的美味

小時候，我生活的環境周遭都可以看到田，多數田地種水稻，少數則種蔬菜。水稻田裡食物豐沛，有很多水生昆蟲，我經常在那裡發現水蠆（ㄔㄞˋ，蜻蜓的幼蟲）和蝌蚪，看著牠們變成蜻蜓、青蛙，也看見來吃青蛙的蛇。

白天的蔬菜田一直有蛾、蝴蝶來產卵，這些卵孵化後都成了一隻隻吃蔬菜葉的菜蟲。晚上的蔬菜田是蝸牛和蛞蝓的天下，農人們都會拿著袋子和手電筒來巡田，捕捉這些吃菜葉的蟲，這情景在夏秋夜晚幾乎是天天上演。

田埂上的雜草堆裡常住著螳螂、寄生蜂和草蛉等害蟲殺手，牠們會幫忙農人除害；電線桿上的麻雀也常成群來幫忙，只是當稻子成熟時，牠們也會來「討一杯羹」。

白駒過隙，匆匆過了幾十年之後到了現在，我發現很多生活在城市的孩子對稻米和蔬菜的認識，幾乎只剩下超級市場裡那一包包、一袋袋的「模樣」，根本沒機會知道我們每天吃的食物原本長在土地上的樣子。

因此，近年的教育現場中，興起許多和食農教育相關的熱門課題，同時也在國中小如火如荼進行著，其目的不外乎希望能讓孩子擁有從產地到餐桌的在地食物知識，以及對土地擁有情感等「生活力」素養，並且在潛移默化後，將情感付諸行動。

這本《棄食島大翻身》的創作理念就是從「食農教育」出發，故事主要是描述主角的學校推動食農教育過程中發生的事，直到主角意外穿越時空來到棄食島後，故事才轉進「奇幻」情節。

在棄食島上，當主角遇到由棄食怨念所形成的「苦瓜精」和吸取孤寂長大的「青椒怪」後，「珍惜食物不浪費」成了故事發展主軸，一直到「棄食島大翻身」，所有事情都有了轉變。

閱讀本書，除了讓孩子體認到，其實很多浪費食物的行為是可以改進之外，跟著故事主人翁在教學農場當「小農夫」的經驗，亦能認識常見蔬菜的特性，體認到農民種菜的辛苦和不簡單，同時了解到原來很多昆蟲都是菜園裡的小幫手，以及知道我們吃的蔬菜原來是這樣長大的。

如果你還沒有種菜的經驗，或許可以在窗臺、陽臺、院子或是頂樓放置蔬菜盆栽，體驗當個「小農夫」的樂趣，同時也有機會親身體認到，原來「種菜」不是芝麻綠豆小事，而是「食農教育」中「人」與「土地環境」的進行式。

角色

黃裕民

綽號黃玉米，腦筋靈活、推理能力優異的小學生，總是在書包或褲環上掛著「玉米超人」的布娃娃。

王豐

綽號土豆，玉米的同學兼死黨，是個愛搞笑、不怕獻醜的天兵。

登場

夏老師

班級導師，喜歡種菜，長期關注生態及環境議題。

林曉梅

綽號小梅子，玉米的同學，個性活潑大方，能承受各種打擊。

紀小妍

玉米的同學，冰雪聰明又盡責的班長，是班上許多男生暗戀的對象。

妖怪

玉米超人

玉米書包上掛著的布娃娃，是玉米的阿嬤親手製作送他的禮物。

青椒怪

一株身上掛滿各色彩椒的超級大青椒「樹」。

神秘

苦瓜精

一個高達四公尺、狀似「苦瓜」的怪物。

茄怪

坑坑窪窪、黯淡無光的外表，在菜市場裡，就屬於「賣相」不好，不容易賣出去的那種茄子。

目錄

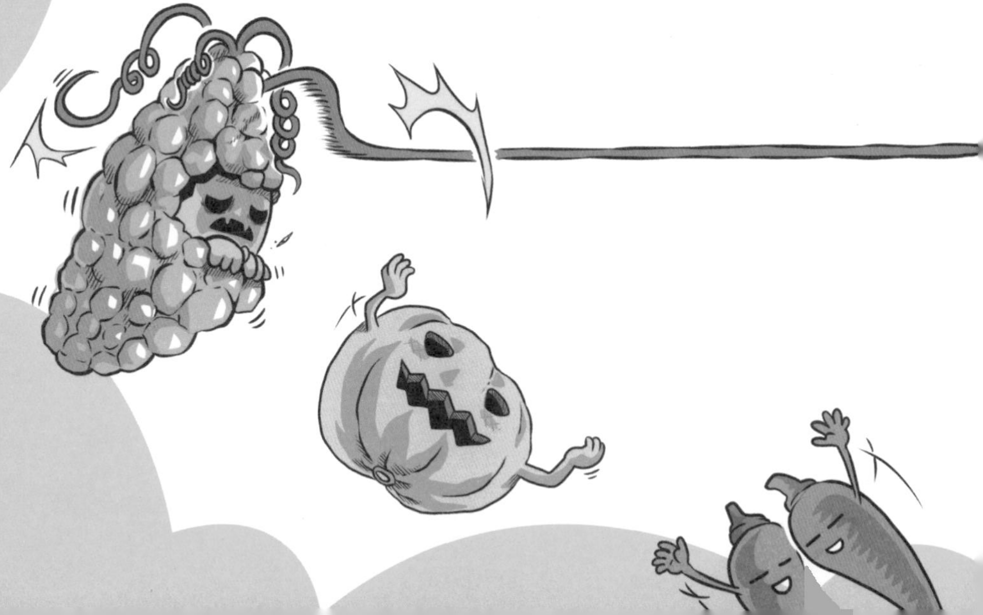

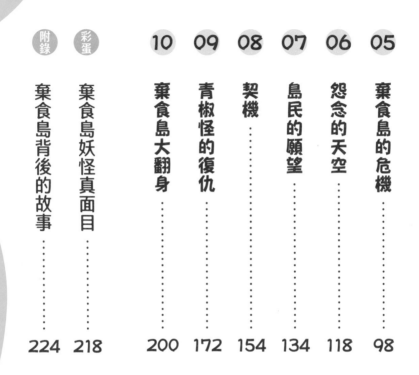

楔子　來自異世界的求救訊息

星期天上午，我在房間裡用電腦整理資料，因為夏老師希望我們用ＰＰＴ簡報，分享教學農場的點點滴滴。

我瀏覽著一張張照片，陪著我的只有坐在電腦螢幕旁的玉米超人，以及按壓鍵盤、滑鼠發出的輕微聲響。

突然，螢幕右下方閃過我的ＩＧ帳號收到訊息的提醒。

「會是誰呢？」

我好奇的點開來看，那是一個沒有頭像的用戶，傳來的陌生訊息：「ＳＯＳ」。

「這是怎麼回事？」

一時之間，我愣住了，到底發生了什麼事？為什麼傳來這麼怪異的求救訊號？

「會不會是詐騙？」

當我這麼想時，緊張的心情似乎放鬆了許多。接著，我閉上眼睛企圖讓自己冷靜，怎知再次張開眼睛時，卻瞥見螢幕旁的玉米超人眼角竟溼了一小片！

這下子，我真的被嚇到了。我盯著螢幕看，電腦的喇叭突然發出「咕嚕咕嚕」的聲音，沒多久，那些存在電腦內準備用來製作簡報的照片，一張張從螢幕中央「縮了進去」，像是被黑洞快速吸進去一樣，有玉米成熟時的照片，有龍眼樹的照片，有大家一起採收蔬菜的照片……最後，是我和玉米超人被吸進去……

「啊——！」我用盡全力的大聲叫著。

「黃裕民，鬼叫什麼？再不起床，上學就要遲到了！」媽媽的獅吼聲，把我從噩夢中拉回現實世界。

還好，只是做夢。

但……那真的只是夢嗎？

01 最後的午餐

「媽，妳有沒有看到我的玉米超人？」

「沒有，我只看到一個早餐還沒吃、上學快遲到的『人』。」

「一定是Boo把它偷咬去玩了！」

「你不要東西不見了就怪Boo，應該養成自己把東西收好的習慣！」

這個有點混亂的早上，我最後在廚房的垃圾桶旁找到了沾滿Boo口

水的玉米超人，把它掛上書包後，我趕緊帶著早餐，飛也似的往學校衝。

「怎麼又有小黃瓜？」

媽媽準備的三明治早餐，又放了我不喜歡吃的小黃瓜。

不過，帶著早餐到學校吃的好處，就是可以把不喜歡的食物挑掉；若是在家裡，只能憋著氣吞下去。

當我偷偷抓著小黃瓜，正想神不知鬼不覺丟進教室後面的垃圾桶時，陳道輝突然從我後頭出聲——

「丟垃圾啊？裕民！」

「嗯……」

包著餐巾紙的小黃瓜在我手中被捏得更緊，深怕自己浪費食物的行為被陳道輝看見。沒想到，在我身後的他，一個跳投動作，將手中東西準確丟進垃圾桶。

「命中，得分。」

陳道輝擺出帥氣姿勢的同時，毫不避諱的說：「我媽幫我準備太多早餐了，這顆肉包我根本吃不下。」說完，他就帥氣的離開。

看著他把一口也沒吃的肉包直接丟進垃圾桶裡，我手裡的三片小黃瓜似乎不算什麼了。

「豆花，你這個大笨蛋，今天午餐看你怎麼辦？」在一旁目睹整起事件經過的米粉妹，一臉得意的挑釁著豆花。

「不要叫我豆花！」

「是是是，是陳……『道』……『花』。」

說也奇怪，班上其他同學把陳道輝叫成「豆花」，他都沒感覺，唯獨米粉妹會讓他在意。

「算了，我今天心情好，剛剛又投進一顆『三分球』，就不跟妳計較了。妳說，今天午餐怎麼了？」

「今天是蔬食日。」

「啊！慘了！」

當「蔬食日」這三個字從米粉妹嘴裡大聲說出來時，豆花的臉色瞬間變了。無肉不歡的他大叫一聲後，連忙往垃圾桶衝，但這時的

「肉包子」已經猶如「打了狗」，有去無回。

「後悔了吧？我特地多買了一份早餐，就是怕午餐吃不飽，可以拿來『墊胃』。」

米粉妹說得沒錯，這是班上同學面對吃素的蔬食日時，經常使用的招數。

上課時——

「陳道輝，你是不是把沒吃的肉包直接丟進垃圾桶？」

禍不單行的是，豆花還被米粉妹向老師告密。

「我……沒有……那是掉……在地上……」

「老師，豆花還想騙人！」

豆花想狡辯，但米粉妹很快又射去第二箭。

「老師希望大家能誠實面對自己『浪費食物』這件事，然後努力改進，畢竟世界上還有很多吃不飽的人。不只是食物，我們對於身邊的每一件事，都應該用心看待和誠實以對，謊言只能讓你暫時逃避眼前問題，卻不能真正解決問題。最後，老師要跟大家分享一句話：『生命不可能從謊言中開出燦爛的鮮花。』」

當夏老師語重心長說出自己的感慨時，小梅子好奇的問：「老師，這句話是你自己想到的嗎？」

「不是，這句話出自十九世紀德國最重要的浪漫主義詩人海

涅……」

「什麼是浪漫主義？」有人問。

「浪漫主義就是這樣，我學給你看——Hi! Baby!」

土豆突然學起卡通角色「花輪」說話的模樣，神情十足曖昧，把大家逗得哈哈大笑。

「唉……」夏老師重重嘆了一口氣，他萬萬沒想到自己的學生會如此「自曝其短」，把無知展現出來，眼見「朽木不可雕也」，他話鋒一轉把華盛頓搬了出來：「華盛頓年紀還小的時候，不小心用斧頭砍倒爸爸種的櫻桃樹，但因為他誠實面對自己的錯誤，向爸爸認錯，而被稱讚是個誠實的孩子。」

「老師，華盛頓後來是不是當了總統？」

「沒錯，華盛頓後來成為美國第一任總統，是美國的國父。」

「因為誠實而變成總統」這件事的「啟發」，讓有些同學鼓譟起來——

「老師，不好意思，昨天教室裡的窗簾是我弄壞的。」

「我的功課沒寫，騙老師忘了帶。」

當文祥和泓益紛紛表現出自己以後也想當總統的企圖時，老師說話了：「雖然是慢了一點，但你們兩個還算是願意認錯的男子漢。」

「老師，他們兩個頂多『勉強』算是男子漢而已！」

文祥弄壞的窗簾剛好就在米粉妹座位旁邊，昨天下午太陽西晒

時，她可是吃足了苦頭，現在「凶手」投案了，米粉妹的不滿也跟著爆發。

「喔，有人不服氣囉！」

班上有人發出了看好戲的敲邊鼓聲。

「沒錯，一個是當下沒有坦白自己的錯誤，還以為神不知鬼不覺想要蒙混過去，一個是先說謊後才承認，所以我認為說他們是男子漢很『勉強』。」

米粉妹條理清晰的表達看法。

「沒錯，一個真正的男子漢當下就要敢做敢當，更不能說謊騙人。」

小梅子也出聲聲援。

原本是在討論「不要浪費食物」，卻離題變成「誠實才是男子漢」，幸好夏老師很快就結束話題，我們的課程才能夠繼續下去。

這節課我不是很專心，因為一股口水的臭味不時從玉米超人身上飄出來，讓我有點坐立難安。這個玉米超人布娃娃是我要就讀小學一年級時，阿嬤親手縫製給我的，我到現在都還記得阿嬤當時說的話。

「我們裕民要去讀書了，阿嬤不知道要送什麼給你，想了好久，最後決定做這個『玉米超人』送給你，希望玉米超人可以當裕民的守護神，在你需要幫忙時，像電影裡的超人一樣即時出現。」

阿嬤縫製的玉米超人很精緻，金黃色帥氣臉龐和強壯身體，包著

像披風似的綠色苞葉。雖然阿嬤不久前生病過世了，但「玉米超人」就像代替了總是呵護著我的阿嬤，一直跟在我身邊。

好不容易捱到下課，我三步併成兩步跑到洗手臺，做起我想了很久的事情。

「玉米，你怎麼在洗玉米超人？」

「玉米超人身上都是我們家Boo的臭口水味，不洗行嗎？」我嘆了一口氣。

「玉米人就是玉米人，為什麼要變成『超人』？它的胸口有超人的『S』標誌嗎？它真的會保護人類嗎？」

不理會米粉妹的詢問和挑釁，我繼續洗著玉米超人。玉米超人確實是我的守護神，像是今天早上我把小黃瓜丟進垃圾桶時，我覺得就是玉米超人保佑我不被米粉妹發現，不然我的下場會跟豆花一樣慘。

或許是把今天吃素這件事暫時忘了，時間會過得比較快，但該來的總是要來。

午餐時間，當裝著飯菜的餐盤蓋子被一一打開時，教室裡頓時哀鴻遍野。

「有苦瓜！」

「天啊！真的是苦瓜！」

根據不負責任消息指出，在小學生最不喜歡的蔬菜中，苦瓜排名第一——現在看到班上同學這麼誇張的反應，該消息的正確性應該滿高的。

這時，負責替大家盛裝苦瓜這道菜的同學，會面臨各種遊說狀況——

「文祥，平日我待你不薄，你可要弄少一點苦瓜給我。」

這是「動之以情」者的明顯暗示。

「文祥，如果你給我少一點苦瓜，我請你喝飲料。」

「誘之以利」是那種口袋深的人的特權。

但如果是跟文祥交情不深，又沒什麼零用錢的人，只能「喻之以理」的說：「你我本是同學，相煎何太急。」

至於像是米粉妹這種能抓到文祥把柄的人，「威之以勢」也只是剛好而已。

「文祥，如果你沒有少盛一點苦瓜給我的話，我就告訴老師你把水果當球玩的事。」

總之，大家就是想盡辦法讓自己餐盒裡的苦瓜「少之又少」。

果然，飯菜打完後，苦瓜那盤還剩一大半。夏老師當然知道這是怎麼回事，他帶著詭異的笑容對文祥說：「剩下這些都是你自己要吃的嗎？」

「不是……沒有……」

夏老師邊開玩笑邊幫文祥盛裝「正常」分量的苦瓜到他的餐盒裡，文祥只能露出一臉苦得不能再苦的表情，走回自己的座位。看著他不知該如何「下口」的模樣，讓人覺得又可憐又好笑。

好多同學都跟我一樣，把最不想吃的苦瓜留到最後，希望有機會「逃過一劫」，統統丟進廚餘桶裡。

至於餐桶裡那些沒吃完的飯菜，夏老師都會一一打包，利用空檔

時間，送到學校附近的獨居老人家裡。

「廚房阿姨午休時跟我說，我們班很多人都把苦瓜拿到廚房的廚餘桶倒掉，是不是真的？」

下午一上課，夏老師就厲色質問全班同學，大家都默不吭聲，低著頭，不敢抬頭看老師。

「這些都是農人辛苦種出來的農作物，也是大家花錢買回來的食物，你們只是因為不喜歡苦瓜的味道，就浪費的把它丟掉？喔，還有一個同學，以為只要用不鏽鋼湯匙把苦瓜又壓又切，弄得『不成人形』，再拿去廚餘桶倒掉，就可以逃過我的『天眼』。」

雖然夏老師沒指名道姓，同學們也應該猜不出是誰，但身為「當

事人」的我，可是被嚇得「戰戰惶惶，汗出如漿」。

「如果每個人都這麼浪費食物的話，說不定哪一天，這樣的一頓午餐，就有可能是大家『最後的午餐』。」

「最後的午餐」這句話一出，夏老師又把我嚇得「戰戰慄慄，汗不敢出」。我心想，這樣的一天，真的會來臨嗎？

02 不開心農場

儘管蔬食日讓大家避之唯恐不及，但有雞腿的日子又是那麼令人期待，而今天就是我最喜歡的偉大「雞腿日」。

「我比較喜歡肉燥。」文祥說。

當然，環肥燕瘦各有人愛，肉燥的受歡迎程度雖比不上雞腿，但在白飯淋上肉燥，還是會讓我們胃口大開，因此肉燥的出現，常讓班上的白飯面臨短缺，這時若想「再來一碗」的同學，就必須到隔壁班

「借飯」、「賒飯」。

有一次，我也參加了班上以文祥為首的「賒飯團」四處打游擊，順便「見見世面」。

「不好意思，我們班的白飯也不夠。」

我第一次出征就碰壁，只好跟著大家轉移陣地到辦公室。

「報告！」

「進來，有什麼事嗎？」

「我們是來『要飯』的。」

「噗哧！」

問話的主任忍不住笑了出來，他嘴裡尚未吞下的白飯，同時也如

「天女散花」般噴了出來。

幸好站在最前面的文祥臉比較大，擋住了大部分的「飯粒ＢＢ彈」，加上我站在最後面，只有零星兩三顆飯粒，落在我的球鞋上。

「要飯？你是來行乞的嗎？」主任自知失態，連忙拿出手帕幫文祥「清理門面」，接著又喝水緩和情緒。

「那……我們是來『借飯』的……」

「噗哧！」

這回是主任嘴裡的水「襲擊」文祥，由於他們兩個的距離很近，主任可說是直接幫文祥「洗臉」了。

在歷經一番狼狽和「天將降大任」前的「餓其體膚」後，我們才

順利「要到飯」。不過，自此之後，我再也不敢跟著去「賒飯」。

今天的雞腿日，除了全校學生都有的雞腿之外，我們班還多了別班沒有的「茄子」——這是我們在學校教學農場種植的成果，採收後特地請廚房阿姨煮給我們吃。

「記得喔！是誰種的，誰就要負責『多吃一點』。」

文祥不喜歡茄子，他特地提醒小妍那組要「做個負責任的小學生」。

「這麼好吃的東西，我們當然會『吃乾抹淨』，謝謝你提醒。」

班長小妍如此高EQ的回應，讓文祥一時之間愣住了，但他的不幸並未就此結束，因為身為小妍頭號粉絲的我，當然必須馬上跟進。

「是啊！茄子有什麼不好？它可是很有營養的食物！」

這是一件神奇的事，儘管不是自己喜歡吃的菜，但只要是自己親手種植、照顧和收成，煮起來就會變得好吃。

土豆也「補踹文祥一腳」，落井下石說：「文祥，你這樣『排擠』茄子，茄子可是會哭哭、會生氣喔！」

「文祥，下次你可以改種茄子，或許你會改變想法，它真的是好蔬菜。」小梅子中肯的建議。

由於我、土豆和小梅子加碼演出，讓文祥亂了方寸，因此他心不甘情不願的說：「吃就吃，有什麼了不起。」

吃自己種的菜是一種樂趣，但這過程常常不是那麼美妙，因此學校的教學農場被我們戲稱為「不開心農場」。

學校的教學農場在操場東北邊的校園角落，原本是開放給全校班級認養，但因為夏老師特別喜歡種菜，加上有些班級認養後沒有好好照顧和管理，夏老師就義不容辭把沒人認養的區域全包了下來，所以我們班幾乎要照顧半個籃球場面積大的「田」。

「今天的值日生去澆水、鋤草了嗎？」

值日生的重要工作是幫「田」澆水，為了這項神聖任務，一般班級大多是兩個值日生，但我們班硬是安排了四個人。

「老師，農場裡有好多蟲。」有人抱怨。

「難道你們覺得教學農場出現毛毛蟲、昆蟲或是一些小動物，是不正常的事嗎？」

「不，很正常。」大家

異口同聲回答。

「為什麼正常？」

「因為我們沒有用農藥。」

「大家都很清楚嘛，我們是可以和牠們和平共處的！」

「老師，但蝸牛跟蛞蝓的身體黏黏的，好噁心喔！」

「這也不能怪牠們啊！蝸牛和蛞蝓是腹足綱軟體動物，當然得用『肚子』來走路，牠們身上的黏液是要保護自己在爬行時不會被尖銳東西刺傷。」

「老師，被毒蛾毛毛蟲的毛弄到會刺痛、搔癢，很不舒服。」

「你們是去澆水和鋤草，毛毛蟲另有專人處理，萬一真的不小心碰觸到毛毛蟲，記得趕快到健康中心熱敷。」

「老師，為什麼不是冰敷？」

「這類毒蛾毛毛蟲的毒大多屬於蛋白質毒，高溫可以化解其毒性。冰敷只有在『冰』的當下會感到比較舒服，一旦不『冰』時，就會恢復原來不舒服的感受。」

「老師，到農場澆水好累喔！」

「是啊！太陽好大，晒得我滿頭大汗。」

「這樣也會累？平常看你們在豔陽下打籃球，也沒聽你們喊累，更何況你們頂多一個星期去澆水、鋤草一次，我可是每個星期六日都是自己一個人去。」

同學的怨言一波波湧來，但老師也不是省油的燈，他見招拆招，這情景有點像《三國演義》裡的「孔明舌戰江東群儒」，最後「眾人見孔明對答如流，盡皆失色」，「群儒」慘敗。

「大家輪流去感受一下當農夫的辛勞也不錯啊！」

鋤禾日當午，汗滴禾下土。
誰知盤中飧，粒粒皆辛苦。

最後，老師以李紳的〈憫農詩〉來結束話題，我們也不敢再多抱怨，以免連背唐詩這件事都會被「外加」進來。

除了夏老師託付給全班要特別用心照顧的一株不知名植物之外，我們這組有種黃玉米（也就是我——黃裕民）和櫻桃蘿蔔。每當我們好奇的問老師那到底是什麼植物時，他總是神祕的笑著說「到時你們就會知道了」。

為了這棵神祕植物，老師還特地搭了棚架，讓它可以向上攀爬。

眼見它愈爬愈高，同學們的好奇心也跟著愈來愈高。

「會不會是綠豆？」

「不會吧！我們二年級時就種過綠豆了，根本不是長這樣。」

「那，會不會是番茄？」

「番茄是水果耶！」

「那可不一定喔！如果是像玉女小番茄那種『小』番茄才是水果，但如果是像牛番茄那種『大』番茄，則跟茄子一樣，都是茄科蔬菜。」

一聽到茄子，原本不在話題內的文祥，耳朵突然豎了起來，一臉緊張的問：「什麼？什麼茄子？」

文祥的表情很好笑，但此時卻沒人想理他。

老實說，我自己是有點期待到農場種蔬果，因為農場的生態豐富，給了喜歡昆蟲和小動物的我，很多觀察機會。

土豆雖不喜歡鋤草，但他也喜歡這些蟲，尤其喜歡抓來嚇女生。每當班長小妍「奉命」來查看我們有沒有在農場搗蛋時，土豆就愛拿蟲嚇她——或許這是他在「不開心農場」中，唯一能做的「苦中作樂」之事。

今天輪到我、土豆、小梅子和豆花當值日生，土豆又故技重施，拿蟲嚇班長小妍。但這次小梅子不再護短，她直接上告夏老師，土豆就在課堂上被叫起來訓話。

「你為什麼抓毛毛蟲嚇女生？」

「是毛毛蟲爬到地上，我怕牠會被踩死，所以用樹枝弄起來要放回葉子上。」

「那你放回葉子上之前，是不是『順便』拿給女生『看』？」

夏老師真不愧是土豆肚子裡的蛔蟲，完全掌握他的行為模式。儘管土豆沒說「是」或「不是」，但從他傻笑抓頭的模樣看來，夏老師一箭就射中紅心。

十字花科的蔬菜像是小白菜和花椰菜，都特別容易吸引紋白蝶在它們的葉子上產卵。紋白蝶的卵很小，很不容易注意到，我們總是等到葉子上出現小洞、小缺口時，才驚覺到有菜蟲。

為了解決這個問題，避免我們辛苦種植的蔬果「全軍覆沒」，也避免我們「殺生」，夏老師使出了兩招絕招。

第一招，將毛毛蟲移到單一棵蔬果植物上，以「棄保」的方式，讓毛毛蟲和我們都「有菜可吃」。

第二招，就是把在校園其他地方發現的螳螂移到農場，以「天敵」的方式減少蟲害，讓螳螂來背負殺生的罪名。

這兩招都必須倚賴不怕蟲的同學協助，土豆就是其中之一，因此夏老師對於土豆的罪行，有時會特別「法外施恩」，只勸告他不要做蠢事。

我種的玉米位在農場後面的最邊角，那裡靠近龍眼樹，有時我們

累了，會先去樹下乘涼休息。

「裕民，是因為你是『黃裕民』，所以才種『黃玉米』嗎？」小梅子問。

「是啊！妳看，我把玉米超人放在口袋裡帶出來了。」

「哇，你也太誇張了，來田裡工作還帶著布娃娃。」

看著小梅子的表情，我覺得她才誇張哩！

「自從阿嬤不在之後，裕民整天都把玉米超人帶在身邊。」

「土豆，你真不愧是裕民的死黨，對他的事這麼了解。」

我和土豆以簡單的微笑，外加互擊手肘，來表示對彼此及小梅子話語的認同。

「哇，這是什麼？」

突然，文祥大叫了起來。

「好像是臭蟲耶！」

對照文祥的驚恐，土豆顯得很興奮，手也不由自主的伸過去。

「小心，荔枝椿象會噴臭液，若被噴到皮膚較薄、較脆弱的地方，是會受傷的，萬一噴到眼睛，那就慘了。」

土豆聽到我的提醒後，趕緊把手縮回來，直說「好里加在」。

「土豆，是『好佳哉』，不是『好里加在』，你上母語課時都沒認真學習。不過，裕民，你怎麼那麼厲害？知道這麼多！」

小梅子在「指導」過土豆後，轉頭問我。

「我家附近有種一排龍眼樹，上面就有很多這種椿象，牠們是強勢的外來入侵種，也是危害龍眼和荔枝的害蟲，這些都是我爸告訴我的。」

我一說完，小梅子、土豆和文祥用敬佩的眼神看著我，讓我有點不好意思。

這時，上課鐘聲響起，我們連忙往教室方向跑去。我邊跑邊不放心的回頭看：今年的龍眼會不會因為荔枝椿象的關係而長得不好呢？

03 龍眼樹下的祕密

隔天一早，我一走到學校的三樓，就看到好幾個同學站在教室前面。

「怎麼了，大家怎麼都擠在這裡？」

「門被鎖住了，沒辦法進去。」

原來是昨天放學時，老師發現教室的門鎖壞了，門關不上，便請學校工友先在門上加裝鍊條，用密碼鎖扣住。怎知，今天工友因身體

不舒服臨時請假，無法幫忙開鎖，也沒有人知道密碼，老師正在辦公室裡打電話想辦法聯繫他。此刻的豆花也正努力「亂試」著。

「打不開。」

「也不是這組密碼……」

最後，他放棄了。

「玉米，換你試試看。」

「好，我看看。」

這是一個從一到九的數字密碼鎖，必須壓對三個數字，鎖才打得開。這個鎖上的數字有些斑駁，感覺已經用了很久，其中數字一、三、七斑駁得特別厲害，顯然較常被按壓。我試著將這三個數字往下一壓，接著一拉——

「開了。」

「裕民，你好厲害喔！」

「名偵探『玉米』！」

同學的稱讚讓我原本有些沉重的心情，稍微好轉一些，而我心情不好的起因，正是昨天發現的荔枝椿象。

去年暑假，我和土豆特地來學校摘龍眼吃，那時樹上沒有荔枝椿象，我們兩個還因為吃了太多龍眼而流鼻血；沒想到，昨天竟然在學校裡面發現了荔枝椿象。

我在上課時向老師報告這件事，老師也感到十分驚訝，他說：

「荔枝椿象原產於中國大陸南方及東南亞，一九九九年時首次在金門被記錄到，兩年後，臺灣本島也出現，而且很快就成為四處可見的強勢入侵種，對農作物的危害相當大。要除掉荔枝椿象，最好的方法就是在牠還沒孵化前就消滅牠。」

「老師，荔枝椿象沒有天敵嗎？」

「有，牠們的天敵是平腹小蜂，不過，平腹小蜂同時也是臺灣最常見的椿象——黃斑椿象的天敵。雖然平腹小蜂可以在荔枝椿象還沒孵化前就消滅牠們，但荔枝椿象仍舊能強勢繁衍。」

「老師，平腹小蜂是怎麼消滅荔枝椿象？」同學似乎很有興趣。

「平腹小蜂是一種寄生蜂，體長大約〇・三到〇・五公分，長得有點像螞蟻。母蜂會把受精卵產在荔枝椿象的卵中，當小蜂孵化後就以荔枝椿象的卵粒為食，這是生物防治的一種方法。荔枝椿象的卵粒被平腹小蜂寄生一到兩天後，會開始變黑，最終死亡。」

「原來如此。」

除了希望平腹小蜂多多來幫忙之外，我們的工作項目也新增了要尋找有荔枝椿象卵粒的葉片，並且摘除。至於黃斑椿象的卵粒，則讓它們順著大自然的法則生存滅亡即可。

「荔枝椿象跟黃斑椿象的卵粒長得很像，一般來說，荔枝椿象的卵粒是十四顆，黃斑椿象是十二顆，所以在摘除之前，你們要記得數喔！」

「好，沒問題！」大家異口同聲回應老師。

在夏老師的指導下，龍眼樹得到蟲害的事暫時有辦法解決，倒是他種的那棵神祕植物，在上星期開花了，不曉得會結出什麼東西這件事，老師仍是守口如瓶。

幾天後，我在農場發現神祕植物結了小小的果實，但看起來有點怪怪的。

「你們覺得這果實像什麼？」

我的問題很快就把農場裡的其他人引了過來。

「怎麼……有點像苦瓜？」

「對耶！真的有點像苦瓜！」

「難怪夏老師只敢跟我們說『這是一株神祕植物，你們要幫忙好好照顧』。」

「是啊！老師大概是怕我們知道真相後，苦瓜會『不小心』死得不明不白。」

這是一起攸關我們營養午餐食物的「重大事件」，在場的人因為都無法「置身事外」，開始七嘴八舌討論著。

「我來數數看，這株苦瓜結了幾顆果實？一、二、三、四……十、十一、十二……十五！天啊，已經十五顆果實了，再加上已經開花但還沒結果的……我的天啊！真是『蒸蒸日上』！」

經土豆仔細一數，數量比我們估算的多了好幾個啊！

又過了兩天，開始結果的苦瓜數量已經需要好幾個人的手指頭才數得完，隨著苦瓜愈長愈大，大家的心情就愈緊張。

「玉米，你說，到時苦瓜成熟採收，老師會不會讓我們一人吃一條苦瓜啊？」

「不會吧！如果真的這樣，我們可是要連吃好幾天耶！」

土豆提出的假設性問題很恐怖，我也不希望真的發生，因為那將會是今年我遇到最恐怖的事情。

「你們不要說了，我都快吐了！」

來幫忙的泓益聽到可能要連續吃好幾天的苦瓜，臉色瞬間變得蒼

白，大聲叫著。

泓益被苦瓜嚇到先跑走了，我們則繼續在教學農場忙碌，這裡種植的蔬果除了會引來昆蟲之外，蝸牛也把這裡當作Buffet用餐。

「如果把非洲大蝸牛抓來放在苦瓜上面的話，你們覺得牠會想吃嗎？」小梅子問。

「吃，大多數蝸牛是雜食性。」我說。

「不吃，有其他蔬菜可吃，幹嘛吃苦瓜？」文祥說的大概是他自己的心聲吧！

實驗可以解決眼前的歧見，在公正人小梅子的操作下，實驗結果是蝸牛沒吃就走了。但也有可能是因為蝸牛是夜行性動物，被我們在

大白天吵醒，才氣到頭也不回就爬走。

在正常情況下，苦瓜的果實應該是愈來愈多，可是事情卻恰恰相反，我和土豆每天都會去數苦瓜，沒想到卻愈數愈少。

「會有人來偷摘還不能吃的苦瓜嗎？」我納悶的說。

「也許是蝸牛晚上跑來偷吃？如果是這樣的話，那我要給牠們按一個大大的『讚』。」土豆風趣的推論，引來大家哈哈大笑。

「玉米，你今天怎麼又把玉米超人帶出來了？」小梅子突然問道。

「因為玉米又想起他阿嬤啊！」

「真的嗎？」

我微微點點頭。

「土豆，你真是玉米的好朋友，他在想什麼你都知道！」

做完例行工作之後，我抬起頭繞著龍眼樹觀察，想看看哪片葉子有荔枝椿象的卵粒，沒想到不小心踩了空，一隻腳就陷入洞裡。

「哎喲！」我叫了一聲。

原來，這裡竟然有個被掏空的洞。原本的洞口不大，因此不容易發現，現在被我踩了一腳，洞的直徑已經約有三十公分。

聽到我叫聲的土豆、小梅子和小妍紛紛過來關心，在確定我抽出腳沒事後，我們幾個好奇的往洞裡瞧，居然看到一些被丟棄的蔬果，有的爛了，有的還沒爛，但好像都是出自教學農場。其中最上方幾顆

蔬果大致還看得出外觀，竟然就是苦瓜！

剎那間我懂了，那些消失的苦瓜都被某個人或某些人偷摘後，丟棄在這裡。

「我們要跟夏老師報告這件事嗎？」

「要。」

「不要。」

說與不說，大家意見兩極。贊成要說的人是不希望有人繼續做出不對的行為，贊成不要說的人是認為如果沒有苦瓜，大家就不用吃苦瓜。

「如果不說，萬一哪天夏老師自己發現後，我們可能會更慘。」

我說。

「……好吧！那就說吧！」

「我不知道這件事是不是班上同學做的，但我會先當成『不是』，不過，我希望類似的事情不要再發生了。」

果然，夏老師一如我預期的，並未怪罪班上同學。

「老師，我們是不是要想個辦法保護那些苦瓜？」小妍說。

「班長的建議不錯，但要用什麼方法，大家可以一起討論。」

班上同學最喜歡在上課時討論了，有時一討論起來，不知不覺就下課了。

「挖洞做個陷阱如何？」

「那要不要把陷阱的洞挖得大一點，搞不好還會捉到山豬喔！」

豆花第一個提議，也是第一個中槍倒下。

「老師，蓋個土地公廟如何？土地公會保護我們喔！」

「土地公……？」

土豆超奇葩的想法，比挖洞抓山豬更讓同學嘖嘖稱奇。

「就老師所知，祭祀土地公是可保佑農作物豐收，但我覺得依照土豆的條件，你自己就足以當一尊『神』，根本不需要蓋土地公廟。」

「神，神耶！」

「好棒喔！」

同學們投以羨慕的眼神，讓土豆整個人飄飄然。

「老師，是什麼『神』啊？」土豆興奮的問。

「苦瓜守護神。」

夏老師說這話時，我覺得他真的很想笑，可是他又不好意思，只好憋著笑，有點咬字不清楚的說。可是這「苦瓜守護神」實在太好笑了，老師那麼辛苦的忍著，我很怕他會內傷。

「哈哈哈！苦瓜守護神！」

同學們的笑聲讓土豆從天堂墜入地獄。

「不要對『神』不敬，不然你們會倒大楣！」

這是土豆唯一可以反擊的方式。

苦瓜守護神的任務就是要「守護苦瓜的安全」，至於那個「神」字，只是用來騙騙小孩的。

自從當了苦瓜守護神之後，土豆真的很盡責，三不五時就約我去關心一下教學農場裡苦瓜的生長情形，也順便看看龍眼樹下的洞是不是還有被丟棄其他蔬果。

這天，午休結束時，我突然發現掛在腰間的玉米超人不見了。

「土豆，你有沒有看到我的玉米超人？」

「沒有，怎麼了？你的玉米超人不見了？」土豆還一臉睡眼惺忪的模樣。

「是啊！我找不到它！」

「會不會掉在教學農場？」

「很有可能，走，我們去找找看。」

早上來教學農場時，我不僅在我們負責的區域工作，還逛了其他人的「田」，因此玉米超人有可能掉在農場裡的任何一個角落。我和土豆決定先一起尋找。

蔥長得直挺挺的，一眼就可知道有沒有東西掉落此處；茄子的葉子不小，在翻葉子查看時，我還看到兩隻昨晚來偷吃的非洲大蝸牛正睡得香甜；九層塔的味道滿讓人開胃的，我邊找邊回味起好吃的三杯雞；櫻桃蘿蔔的葉子毛毛刺刺的，竟然還有蟲啃食；花椰菜最慘了，

因為大部分的紋白蝶都飛來這裡產卵。

我們找了一段時間，仍是一無所獲，因此改為分頭並進。

「會不會被人撿走了？」

我擔心著，因為玉米超人是阿嬤留給我的珍貴禮物。

突然，土豆興奮的大叫：「找到了，在這裡！可是它的樣子很奇怪……」

我連忙跑過去看——

「怎麼會在龍眼樹下的洞裡？」

我心裡滿是問號，但更讓我感到困惑的是，玉米超人雖然靠著洞口邊緣站著，它的姿勢竟像是要走進洞穴裡。

「會不會是有人撿到，然後把它放在這裡？」

土豆的分析也不無道理，但誰會這麼做呢？

我愣在洞口前，實在沒有頭緒。

「玉米，快走啦！上課鐘聲打完了！」

「喔……好……」

就在我撿起玉米超人，轉身準備快跑回教室時，突然聽到身後傳來細微的「咕嚕咕嚕」聲——

我回頭一看，卻什麼也沒發現，只有陽光下的龍眼樹屹立著。

突然，我的心裡竄出一個念頭：難道這棵龍眼樹下的洞穴中，有著不為人知的祕密？

04 看不見的第十一關

雖然玉米超人出現在龍眼樹下洞穴的樣子讓我牽縈於心，但這異樣感受很快就被學校「食農小學堂」闖關活動的快樂氛圍淹沒。這個活動是學校要驗收這段時間推動食農教育的學習成果，可是大家似乎都只把它當成遊戲玩。

由於參加的班級很多，場地無法同時容納那麼多人，學校便將學生分成三批進行。我們班被安排在第二節，因此第一節下課時，我們

就必須到川堂前面的階梯集合。這時段的參與者連我們班在內，共有六個班級約一百五十人，闖關也不用依次序進行，只要最後集滿十個章即可。

「裕民，等一下你要先闖哪關？」土豆問。

「見機行事，哪關排隊的人少就先闖哪關。」

「嗯，我也是。」

不只是我和土豆，在場的每個人興致都很高昂，大家都已磨刀霍霍，一副「放馬過來吧」的模樣。

負責主持活動的主任拿著麥克風解說：「食農小學堂共有十堂課，也就是十道關卡，每道關卡完成後，關主會在你的卡片上蓋章，

至於沒通過的關卡，可以重新排隊再挑戰一次。等到十關都通過後，就可以到服務臺兌換獎品。」

主任的意思很明白，就是學校會盡量讓每個人都過關。

「有沒有問題？」

「沒有。」

這時若有人喊「有」，而讓主任繼續說明的話，肯定會招來白眼。

「好，等一下哨聲響起，活動就開始。」

說完，主任用雙眼掃過會場的每道關卡，在得到關主「ＯＫ」的眼神回應後，哨音隨即響起，闖關者馬上衝向自己鎖定的關卡。

「蔬果記憶大考驗」是我闖的第一關，每種兩張、總共二十種四十張的蔬果圖卡，背面朝上被放在桌上，闖關者一次可翻兩張。若翻到一樣的圖卡，即算得一分；若不是，則必須翻回背面，重新翻其他牌，直到得到十分才可過關。

我的記憶能力還算不錯，沒花太多時間就順利過關。

這十關當中，有五道關卡是「五感體驗」，也就是讓闖關者透過視覺、聽覺、嗅覺、味覺和觸覺五種感官體驗，來重新認識我們吃的食物。

憑外觀來正確辨認蔬果種類是「視覺」體驗，只是其外觀並不完整，而是被切成一段一段或切成丁。

「如果連自己吃了什麼東西都不知道的話，那是在『吃什麼』呢？」

視覺挑戰的關主一開始就先下馬威，好在大部分的挑戰者都沒問題，順利完成這一關。

聽西瓜熟了沒是「聽覺」挑戰，這關的關主說：「成熟的西瓜因果肉密度相對較低，拍打時會發出較沉重、較悶的聲響，類似『澎澎』聲；至於未熟的西瓜因果肉密度較高，拍打時則會發出『噹噹』的清脆響聲。」

關主說得很清楚，但大家「聽聲辨瓜」的耳力未必那麼靈光，有時還會有出乎意料的狀況發生。

「文祥，你打那麼用力幹嘛？西瓜會痛耶！」

「對啊！打躲避球時，也沒見你出這麼大的力氣。」

對於那些不斷被「打」的西瓜，有人感到同情，也有人趁機對文祥落井下石。

豆花則把西瓜當成非洲鼓敲打，看他一副陶醉的模樣，簡直「帥到爆表」，西瓜熟不熟，他反倒不怎麼在乎。

在一旁哇哇叫的，則是有人在進行酸（檸檬）、甜（香蕉）、苦（苦瓜）、辣（辣椒）的「味覺」體驗關卡。這種味覺的刺激，以苦瓜引起的「共鳴」最大聲。

至於「觸覺」關卡，是在觸覺箱內放了茄子、小黃瓜、胡瓜和香

蕉，我們必須聽關主的指令，一一把它們「摸」出來，摸錯一個就得重來。

「嗅覺」挑戰主要是聞果汁的味道，有蘋果汁、柳橙汁、番茄汁、芭樂汁和葡萄汁。雖然這些果汁都是從鋁箔包倒出來的，很不健康，但在這種炎熱的天氣，真想一口把它們喝光。

而且，真的有人這麼做。

「泓益，這是用聞的，不是用喝的！」

「真的嗎？我以為這關是『味覺體驗』哩！」

泓益一口氣就把蘋果汁喝得乾乾淨淨，真不知他是真傻還是裝傻。

「老闆，來杯西瓜汁。」

豆花是直接把這裡當飲料店，把關主當老闆，還假裝掏錢要付款。雖然他的搞笑舉動引來其他人哈哈大笑，卻也同時得到關主鏗鏘有力的一句「闖關失敗」。

時間一分一秒過去，陸陸續續有人通過十關挑戰。就在我也完成所有關卡，準備去兌換獎品時，突然在闖關卡上發現一行小字：

你還有最後一關尚未完成，請盡快到龍眼樹下。

「咦，不是只有十關嗎？」我數了數闖關卡上的章印，一、二……五、六……八、九、十，沒錯啊！

我心裡很納悶，這行小字是一開始就有嗎？我怎麼沒注意到？

儘管有疑惑，但在好奇心驅使下，我還是往龍眼樹的方向跑去。

陰涼的龍眼樹下，什麼關卡擺設都沒有，我東張西望，等了好一會兒，仍是不見關主出現。

就在我打算離開時，才遠遠看到小妍、小梅子和土豆正朝著龍眼樹奔來。

「土豆，你怎麼來了？」

「開玩笑，我土豆是什麼人，闖關這種事怎麼可能難倒我。」

「我是說你怎麼會來這裡？」

「喏，你看。」

我接過土豆的闖關卡一看，上面竟然也寫著「你還有最後一關尚未完成，請盡快到龍眼樹下」。

我轉頭望向小妍和小梅子。

「我也是。」

「我也一樣。」

「這第十一關到底是什麼啊？」小妍問。

「是啊！玉米，你剛才有發現什麼嗎？」土豆也發出疑問。

「沒有，我也很納悶。」

「奇怪，怎麼只有我們四個？」

「對耶！其他人呢？」

土豆不說我還沒想到，現在經他一提，我才覺得不對勁。

當大夥兒心中的疑惑來到最高點時，小梅子突然說：「安靜，你們聽，好像有聲音。」

就在大家安靜之後，似乎真的有細微的聲音傳來。

「好像是『咕嚕咕嚕』的聲音。」土豆很快就注意是什麼樣的聲音。

「我聽到的也是這樣，不過，聲音斷斷續續的，不太清楚。」小妍也有同樣的發現。

「我覺得這聲音的來源很低，到底是從哪裡發出來的呢？」我說。

「很低？這是什麼意思？」土豆問。

「就是好像是從地面發出來的，我們在附近找一找。」

就在我們豎起耳朵搜尋聲音來源時，土豆有了新發現。

「咦！裕民，你的玉米超人怎麼掉在這個洞裡？」

「掉在洞裡？」

我比土豆更吃驚，因為玉米超人今天一直掛在我的書包上，根本就沒拿下來過。

「連續兩次都掉在這裡，這也太奇怪了。」

土豆說得有道理，上次來農場工作，玉米超人意外掉在洞穴旁還有脈絡可循，但今天我明明沒帶著玉米超人跑來跑去，竟也發生同樣的事情！

我們四個圍在洞口旁思索著，玉米超人的姿勢跟上次一樣，彷彿是要走進洞穴裡。

突然，洞口傳來細微的「咕嚕咕嚕」聲，我們四個不約而同抬起頭，互相凝望著。

「你……們都聽到了？」小梅子率先開口。

我、小妍和土豆都微微點點頭。

「這聲音是不是想要告訴我們什麼？」

「如果是這樣的話，那就太刺激了。」

「土豆、小梅子，你們兩個別再說了，我有點怕怕的。」

小妍雖有正義感，但面對這種「怪怪的事」，就是膽子小。

土豆的無心之語，對我來說卻是一記打在腦袋上的重拳，瞬間將我打回那個夢境，讓我想起，這聲音其實早在那時就出現過。

「咕嚕咕嚕……」

「咕嚕咕嚕……」

這一次聲音更清楚，也變得更加急促，大夥兒不知不覺跟著緊張

起來。

「這聲音會不會是要我們快一點？」

土豆又說話了，今天他總能將我心裡隱約感覺到的不對勁，早一步具體的說出來。

「快一點什麼？」小梅子問。

「救人。」小妍脫口而出。

「救誰？」我問。

「或許應該說是救援。」

就在我盯著小妍看的同時，土豆驚恐大叫起來。

「哇！玉……玉米超人自己動了！它……它好像要往洞內走去……」

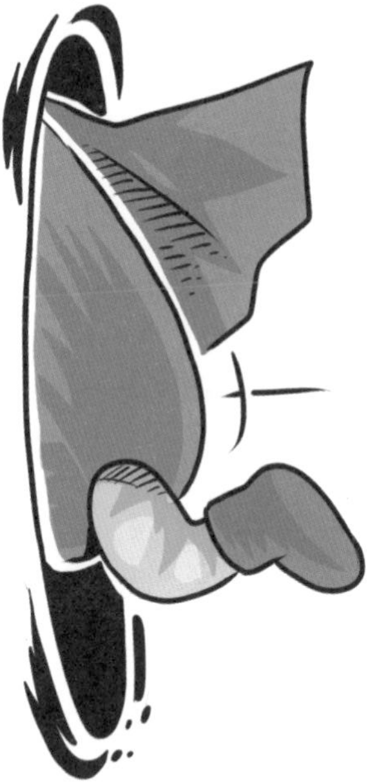

我們的目光隨著土豆的叫聲，轉移到玉米超人身上，發現它真的以極為緩慢的速度動了起來。

「裕……民，這……這是靈異現象嗎？」

小梅子的聲音略顯顫抖，我感覺到此刻的她心裡也有些害怕。

「我……我不知道。」

「會不會是你……你阿嬤的鬼魂……附……身在玉米超人身上。」

「小梅子，妳別說了，我快軟腳了。」

我無法回答小梅子的問題，但我阿嬤真的會用這種方式出現嗎？

此刻的小妍已嚇到花容失色，我還是少說為妙。

突然，土豆臉色一轉，大笑了起來，說：「不對、不對！哈……我知道了，裕民，你是不是改造玉米超人，在它身體裡面裝了電池，故意來嚇我們？」

土豆的猜測不無道理，只是他沒猜對。

「被我說中了，沒錯吧？裕民，你就老實承認吧！」

土豆看我第一時間沒回應他，還真的以為他猜對，就連小妍和小梅子也用期待我點頭的眼神看著我。

「不是，我沒有。」我啞聲說著。

「我不信，我要檢查。」

土豆一說完，就伸手去拿玉米超人，怎知他的手一碰到玉米超人，玉米超人反而加速往洞口「衝」，接著土豆的身體開始變形、縮小，一起被拖進去！

「哇……」

大叫的土豆在慌亂中拉住了小梅子的腳，而小梅子的手始終和膽子小的小妍緊緊互握，我看情況不妙，連忙伸手拉住小妍——

所有事情，都發生在電光石火間！

05 棄食島的危機

我們四個跟著玉米超人跌入像是超時空的無重力漩渦裡，在不停翻滾旋轉中，我聽到小妍呼救的聲音，聽到小梅子的尖叫聲，也聽到土豆大喊「這是什麼鬼啊」的吼聲，但我的眼睛就是睜不開，根本看不到他們到底發生什麼事，也無法思考這一切是怎麼回事。

我感覺光線從亮到暗，沒多久又從暗到亮，下墜的速度似乎變得更快，周遭也愈來愈亮，就像在玩圓筒形溜滑梯一樣，彷彿快抵達出

口。

最後，經過了一段很長的緩衝區後，「砰、砰、砰、砰」一連四聲，我們終於跌落地面。

「哎喲！」

「好痛喔！」

「這是哪裡啊？」

終於，我的眼睛可以睜開了，我邊起身邊關心的問：「大家沒事吧？」

「我沒事？」

「我也沒事。」

「除了屁股很痛之外，我也沒事。」

這時候，土豆還能開玩笑，我真是服了他。

「我的玉米超人呢？」突然，我想起了玉米超人，卻發現它就安安穩穩掛在我的褲環上。

「怪了？」我納悶著。

在確定大家都沒事後，我們才開始探索這個未知的地方。

「這裡好怪喔！不像是人類的世界。」土豆率先開口。

「我也這樣覺得，這裡像是會住著怪物的異世界。」小梅子邊說邊倒抽了口氣。

「真……真的會出現怪物嗎？」小妍的聲音顫抖著。

「別怕，我會保護妳的……」

老實說，我自己心裡也毛毛的，但看到小妍這麼害怕的模樣，我的腳就忍不住向前跨了一小步，接著嘴巴就亂說話。

這也許是腎上腺素激增，以致腦袋瞬間出了點問題。

「裕民最偏心了，為什麼只保護小妍一個人？」小梅子在取笑我的同時，還故意碰了碰小妍的肩膀，讓小妍原本因害怕而略帶蒼白的臉，瞬間紅了起來。

「沒有……不是這樣的……我剛才說的是『我會保護妳們的……』，小梅子應該是漏聽了『們』這個字。土豆，你說是不是這樣？」

除了趕緊解釋之外，我還拖土豆「下水」幫忙，不料他一點反應也沒有。

「土豆！」

我加大音量後，土豆終於有了回應，但他說的卻是另一件事。

「你們看那裡！」

我們三個順著土豆手指的方向看去，前方遠處的地面上正竄出一股「黑氣」，這股「黑氣」在空中聚集，慢慢形成「某個樣子」。

「那是下雨前會出現的烏雲嗎？」小梅子問。

「不太像，烏雲不會從空曠地表直接竄起。」小妍解釋。

「啊……是蕈狀雲。」我驚呼。

「可是沒聽到爆炸聲……」小妍說。

「裕民，那到底是什麼？」土豆問。

我無法回答土豆的問題，只有走過去查看，才能知道是怎麼回事，可是這個提議我一時之間說不出口。

「我們去看看如何？」

唉！還是土豆的心思簡單，比較沒有顧慮。

「我要去。」

小梅子率先表態，她真是個活潑大方的女中豪傑。

我偷偷瞄了小妍一眼，只見她一臉「去也不是，不去也不是」的為難模樣，感覺有點可憐。

「小妍，妳要去嗎？」土豆見她沒有反應，又問。

「我……我不知道……那裡會有怪物嗎？」

「我不知道那裡有沒有怪物，但如果妳害怕的話，那就我跟小梅子去，裕民留下來陪妳。」

終於，終於，土豆說出今天最讓我「順耳」的話，可是就在我心中竊喜之際，土豆又「放槍」了。

「但，也許那裡沒有，這裡才有怪物。」

「那……我跟你們去好了。」

「好，出發！」

結果竟然變成這樣，土豆從頭到尾都沒有問我要不要去，他儼然成了此刻的主角。

在土豆發號施令下，我們朝著「蕈狀雲」的方向小心前進。

這地方的空氣相當潮溼，讓人

感到悶熱。眼前雖然沒有樹，看起來非常空曠，但也無法一覽無遺，因為一堆堆不知名的東西，形成小丘散落著，有的甚至達到一個大人的身高，真不知道小丘後面有沒有躲著什麼不明生物。

地面上有一條看似路又不像路的痕跡延伸到前方，我們不由自主順著痕跡往前走，怎知愈走溼氣愈重，讓人有種窒息的感覺。

約莫十分鐘後，我們腳下的地面開始有了變化。

「哇，怎麼都是垃圾？」小梅子說。

「看起來像是乾掉的廚餘。」我說。

「有些不是廚餘，你們看，這裡有一小堆沒吃就被丟棄的蔬果。」

還是小妍看得比較仔細。

突然，土豆大叫起來，接著腳一抬，看了看鞋底後，說：「咦，這是什麼？是苦瓜耶！」

一顆還很新鮮的小苦瓜，就這麼不偏不倚被土豆一腳踩爛。

「哈！這該不會是我們教學農場裡的苦瓜吧？」

土豆這次的玩笑話，我們三個沒有人覺得好笑，我的心裡還升起一股不太對勁的感覺，加上空氣中偶爾飄來陣陣腐臭味，更增添這股異樣感。

「裕民，你怎麼一直低頭看，你在看什麼？」

走在我後頭的小梅子問。

「我覺得……玉米超人好像自己動了起來……」

土豆嚷嚷起來，「自己動？對了，你不說我還沒想到，要不是玉米超人，我們才不會來到這裡。我檢查一下，看它身上有沒有電池。」

為了解除土豆的疑惑，我把玉米超人從褲環解下遞給他。

「沒有？真的沒有！怎麼可能沒有？」

儘管土豆仔細檢查後，一臉不可置信，但事實終歸是事實，在我把玉米超人掛回褲環後，我們繼續前進。

我們離「蕈狀雲」愈來愈近，心情也愈來愈緊張，而掛在我褲環的玉米超人似乎動得愈來愈明顯，可是我卻沒有時間再理會它。

「你……你們看……那是什麼？」

「天哪！」

我們四個定睛一看，都不約而同倒抽了一口涼氣，就在這彈指之間，一個巨大的「紫色身影」，自遠而近，閃了過來。

紫色身影來勢如此快速，我的腎上腺素再度激增，連忙將小妍拉到身後；下一秒，「它」已來到我們面前，發出低沉的急促呼吸聲。

在正常情況下，任何人看到這樣的景象，應該是要轉身逃命，但我們四個此時就像是對上了梅杜莎的眼睛一樣，立刻變成石頭似的，一動也不能動的站著。

「我是茄怪。」

那個有兩公尺高的「紫色身影」說話了，它一開口就自稱是「茄怪」。

我的腳雖動不了，但眼珠子還能轉動，我上下打量了茄怪之後，發現它就真的是茄子，只是像玉米超人那樣擬人化而已。

茄怪不是整個身體都是光亮的紫色，而是坑坑窪窪、黯淡無光，若是出現在菜市場裡，就屬於「賣相」不好，不容易賣出去，甚至是會被丟棄不吃的那種茄子。

「你們四個會被選上來到這裡，是因為你們曾阻止別人浪費食物的舉動。」

茄怪再次開口就直接說出我們會來到這裡的原因。

「是什……什麼舉動？」我語帶顫抖的問。

「是茄子，你們都幫農場裡的茄子說過好話。」

茄怪的模樣雖有些可怕，但從它對我們的態度和說話的內容，感覺得出它並沒有惡意，反而好像還需要我們的幫忙，我便大膽問道：

「你需要我們的幫忙嗎？」

「沒錯。」

「那我們要怎麼幫忙呢？」土豆和小梅子齊聲問。

茄怪沒有立刻回應，因為那個矗立在我們面前的巨大身體正在「霧化」、「淡化」，在這個過程中，我感覺得出張著大嘴的茄怪有話卻說不出口。

這時，悶熱的曠野中突然颳起一陣風，茄怪就這麼隨著風吹過，不見了。

「ㄑㄧˋㄕˊ島要沉了。」

空中傳來這六個字，我想這應該是茄怪用盡全身力氣，說出最後的話。

令人驚駭的景象讓我們四個頓時安靜下來，靜得連針掉在地上都有可能聽到。隔了許久，大家才慢慢回神，小梅子率先小聲的問：

「我……我們現在怎麼辦？」

「茄怪還沒說出我們可以怎麼幫忙就不見了。」土豆說。

「有，茄怪有說，但我聽得不是很清楚，是什麼島要沉了。」我說。

「對，我也有聽到，好像是『氣死』島。」小梅子說。

「哈！『氣死』？是要『氣死』誰？」

土豆笑了，在這個時候，大笑真的很重要，因為可以讓人轉換心情。

小梅子也跟著笑了，「臭土豆，這時候還在開玩笑！」

「我覺得是跟『氣死』發音很像的『棄食』。」小妍說。

「為什麼是『棄食』這兩個字？」小梅子問。

「當茄怪說到『棄食島』時，我一開始也弄不清楚它到底在說什麼，只聽得懂『島』這個字，但回想這裡滿地都是被丟棄的食物後，我覺得它說的應該就是『棄食島』。」

「小妍說得沒錯，我們應該是來到棄食島了。」我說。

「因為茄怪知道棄食島要沉了，所以找我們幫忙？」小梅子說。

「我想應該是這樣沒錯，可是棄食島為什麼會沉沒呢？」我低著頭想不出所以然來。

「棄食島要沉了，那我們該怎麼辦？會不會淹死？」土豆緊張了起來。

「對耶……要怎麼辦？」小梅子也跟著緊張起來。

「島會沉沒，無非是因氣候暖化，南北極出現極大量融冰，導致海平面上升，當海水淹過棄食島，它就只能下沉了。但現在離南北極大量融冰，應該還有一段時間。」

小妍的說法十分具有說服力，土豆和小梅子的情緒很快就得到平復。

在這之前，我都沒想過要怎麼回去。若我們真的跟著棄食島一起沉沒了，誰會知道我們在這裡呢？

不論如何，我們都必須積極面對，才有扭轉的機會。

06 怨念的天空

「茄怪突然在我們面前消失，你們覺得是怎麼回事？」我問。

「我覺得它是被迫的。」小妍說。

「我也覺得它是被控制了，而不得不離開。」小梅子也同意這個說法。

「感覺那股控制茄怪的力量，是為了不讓茄怪向我們求助，所以讓它立刻消失。」土豆也點頭。

我們邊走邊討論，大家的看法都差不多，狀況也愈來愈清楚，應該是有一股力量希望棄食島沉沒。

「『蕈狀雲』快到了，我們加油吧！」

我振起精神一喊，大家邁開腳步繼續前進。

「欸，你們看，地上一顆顆大石頭，排得還滿像我阿嬤在公園踩的那種鵝卵石健康步道。」

「土豆，你的形容真貼切，而且還是放大版耶！」

聽到小梅子真心的讚美，走在前頭的土豆一高興，就在「大石頭」上面跳起舞來。看他一副像是踩著跳舞機般律動著，我們三個也跟著在上面跳，這是我們來到棄食島後，第一個簡單的娛樂活動。

跳著跳著，我一抬頭，竟發現「蕈狀雲」已不知不覺移到我們的上空。正當我要出聲提醒大家時，地面突然晃了起來。

「是棄食島要沉沒了嗎？」小妍大喊著。

一想到這裡，大家都慌了，趕緊跳離腳下的「大石頭」，但我們眼前卻出現更駭人的景象！

數十條像是藤蔓的東西從地底竄出，達到數公尺高後，反轉而下抵住地面，接著「轟」的一聲，地面裂出一條大縫隙，一個巨大身影從地底下緩緩站起，而它身上的大小泥塊也紛紛落下，可怕的撞擊聲此起彼落。

黃澄澄的泥塵仍在空中飄散，我們眼前已矗立著一個高達四公

尺、狀似「苦瓜」的怪物，它的眼睛在陽光下反射出妖異的藍紫色光芒，更令人生畏。

這時我們才知道，剛剛那些「大石頭」是這隻苦瓜怪物露出地表的「果瘤」！

「我是苦瓜精。」

苦瓜精的聲音大到在曠野中不斷迴盪，震得我的耳朵痛了起來。我們四個嚇得連退好幾步，小妍更是害怕得緊抓住我的手臂，捏得我都感到有點痛。

相較於茄怪，苦瓜精的模樣恐怖多了，在進退無路的情況下，我們只能跟它面對面。

「你……你想做什麼？」我問。

「我想教訓你們人類。」

「我們做錯了什麼，需要你來教訓？」

也許小梅子覺得自己根本沒做錯事，說話才這麼大聲。

「做錯什麼事，等一下你們自己看了就知道。」

「看？怎麼看？」我問。

「你們人類不是喜歡玩ＶＲ虛擬實境嗎？我就讓你們親身體驗一下。」

平常說到玩ＶＲ遊戲，大家都很開心，但此刻帶著挑釁神色的苦瓜精要我們體驗的遊戲肯定非常不好玩，因此大夥兒的臉色都很難

看。

「別怕，我們沒戴VR虛擬實境的眼鏡。」

我低聲說這話原本是要安撫自己跟大家，但苦瓜精似乎有「順風耳」，它隨即大笑說：「哈哈！你們的體驗根本不需要那種眼鏡就可以真實得像是身歷其境。」

苦瓜精一說完，天空頓時暗了下來，讓我們伸手不見五指，沒多久，開始有光出現，我們的眼前閃過很多畫面，而且愈來愈清楚，就像是在漆黑的電影院裡，等著電影開場……

一股惡臭襲來，我知道體驗已經開始了，下一秒出現在眼前的是滿坑滿谷、一望無際的廚餘和被丟棄的食物。我的視線向兩側瞥了一

下，確定小妍、小梅子和土豆都在身邊之後，心裡的緊張感才少了一些。

忽然，小妍大聲驚呼：「是什麼在動？」

其實我也發現在這堆腐敗食物中，似乎有東西正蠢動著，但我不確定是老鼠，還是流浪貓狗來找東西吃？

接著，幾團黑影從我眼前閃過，沒多久，我的腳下傳來一陣異樣觸感，好像有東西企圖要拉扯我的鞋子。我不由自主的向後退了一步，然後低頭一看——不得了，地面上竟然有一群「人」匍匐前進！

天啊，這些人衣衫襤褸，瘦得幾乎快跟骷髏一樣！

「啊……不要碰我……」這一次是小梅子大叫。

「哇……這是什麼？」

「別……過來……拜託……別過來。」

不只是小梅子和我，小妍和土豆也被嚇得直往後退。

「有乾淨的東西吃嗎？」

「食物……我需要食物……」

「水……給我一口乾淨的水就好……」

他們伸著瘦骨如柴的手，動著乾癟雙脣，有氣無力的乞討著……

突然，畫面一轉，出現我們在學校吃營養午餐、在教學農場工作和平常在家裡的片段，裡面有很多人……

我看到豆花把營養午餐的小番茄當彈珠玩，玩到小番茄爆掉之後，就丟進垃圾桶裡。

我看到文祥把含在嘴裡的茄子偷偷吐在學校的馬桶裡沖掉。

我看到米粉妹拿著碗說要去沖水，卻偷偷將裡面的湯倒在洗手臺。

我看到泓益摘了農場裡剛長出來的苦瓜，丟進龍眼樹下的洞裡。

我看到小妍在家幫忙洗菜時，毫不猶豫丟棄那些被蟲啃過的葉子。

我看到小梅子丟掉放到過期的巧克力。

我看到土豆拿著冰淇淋跑來跑去，結果一不小心，冰淇淋就掉在地上，不能吃了。

我也看到自己將不吃的小黃瓜包在餐巾紙，丟進垃圾桶裡的畫面。

這一幕幕畫面都是當事人自以為神不知鬼不覺的行為，現在全在棄食島被揭穿了。

咻——

我的眼睛被光逼得微閉起來，就像是電影散場走出電影院一樣。
等我的眼睛較能適應周遭光線時，我知道這場體驗結束了。

「好看嗎？真實嗎？早跟你們說過，我的ＶＲ虛擬實境不需要特殊眼鏡。」苦瓜精冷冷的說。

真的，這兩個嗅覺與視覺的體驗，讓人膽戰心驚。

「聽過這個聲音嗎？」

苦瓜精一說完，四周隨即響起「咕嚕咕嚕」、「咕嚕咕嚕」的聲響，看來苦瓜精打算讓我們「聞」過、「看」過之後，再來進行「聽」的體驗。

那聲音我雖聽過，但此刻如此巨大，而且不斷在空中迴盪，震得耳朵很不舒服，我們四個不由自主的用手摀住雙耳。

「怎麼？耳朵不舒服嗎？」苦瓜精笑得很詭異。

「咕嚕咕嚕」聲音持續著，有時大，有時小，可是不管是大是小，都讓人渾身不自在。

「這到底是什麼聲音？什麼時候才會停下來？」

土豆對這種低頻的聲音特別容易感到心浮氣躁，他摀著耳朵大喊。

「不懂嗎？你們沒餓過肚子，所以不懂嗎？這是來自全世界八億飢餓人口的聲音，是他們沒東西吃，肚子餓得『咕嚕咕嚕』叫的聲音。」苦瓜精憤怒的說。

「不可能……你騙人……怎麼可能有八億人餓肚子？」

土豆似乎是豁了出去，竟敢頂撞苦瓜精，在此同時，我聽到一旁的小妍喃喃自語：「竟然有這……這麼多人餓肚子。」

「好恐怖……很難想像……」

我跟小梅子一樣，對於這種慘事難以想像。

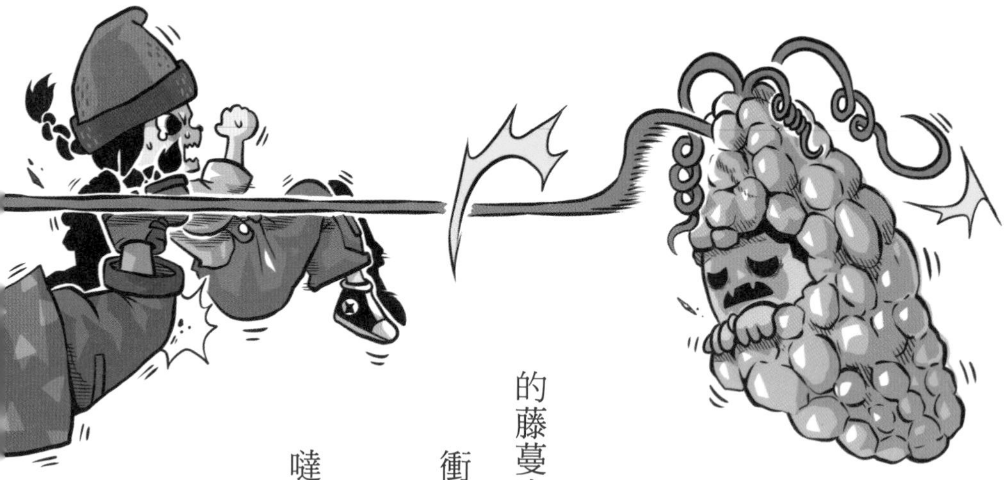

「恐怖？這樣就讓你們感到恐怖？再告訴你們一件更恐怖的事，每年有兩百多萬像你們這樣年紀或是更小的孩子，被活活餓死。」

在苦瓜精愈說愈生氣的同時，原本纏繞在它身上的藤蔓突然四散開來並向我們襲來，站在最前面的我首當其衝，卻嚇得忘了逃走！

就在藤蔓來到我面前約三十公分處時——「噠、噠、噠、噠」隨著連續幾道聲響，數顆像是砲彈的東西將藤蔓擊斷，在我面前斷落，掉在地上時還發出

「砰、砰、砰、砰」的聲音。

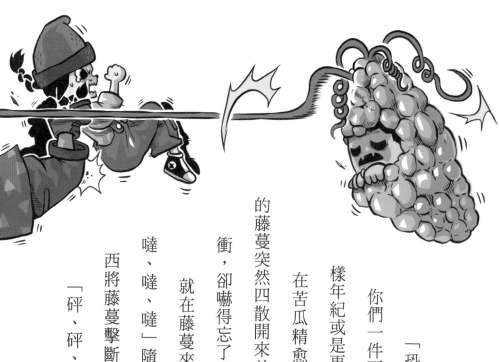

在驚恐之餘，我正想轉頭看看是誰救了我們，小梅子率先給了答案——

「是……玉米超人嗎？」

「沒錯，是我帶你們來的，就有義務保護你們。」

玉米超人說話穩重，聲音溫柔又有磁性，讓我的內心升起一股安全感，我想其他三人應該也一樣。

「裕民，你阿嬤送你的守護神來救我們了。」土豆高興的說。

沒錯，原本掛在我腰間的玉米超人，此刻竟變得跟苦瓜精一樣高大站在我們身後，而那些像是砲彈的東西，正是它身上的玉米粒。

「你竟敢阻撓我！」苦瓜精氣紅雙眼，憤怒大吼。

「不許傷害這些孩子。」玉米超人語氣堅定，態度不慍不火。

「你不應該幫助人類，而是應該跟我站在同一陣線！」

「跟你同一陣線？跟著你一起奴役棄食島嗎？」

「有何不可？難道不該給這些浪費食物、不知飢餓是什麼滋味的人類一點教訓嗎？況且，棄食島最終還是需要『人』來管理，不然怎麼對抗人類？」

「是『管理』嗎？還是『奴役』？你要不要說說，你是怎麼對待

茄怪的？」

「是那個傢伙背叛我，私自跑去找這四個小鬼幫忙！」

從苦瓜精和玉米超人的對話中，我大概可以推斷出發生什麼事。

「苦瓜精，你的怨念太深了，整個天空都是你的怨氣。」

「你難道不知道這些怨氣都是由無數條被丟棄與嫌棄的苦瓜怨念形成的嗎？」

玉米超人試著開導，但苦瓜精不為所動，愈說愈激動，原本在我們頭頂上方的「蕈狀雲」也跟著愈來愈大，顏色愈來愈深。

一場正與邪的激烈對戰，看似無法避免！

07 島民的願望

苦瓜精和玉米超人持續對峙著，我們四個愈看愈擔心，突然，苦瓜精發出一聲長嘯，那些纏繞在它身上的藤蔓隨著吼聲不斷射出，朝玉米超人發出猛烈攻擊。玉米超人也不甘示弱的以玉米砲彈反擊，這場對戰引發的轟隆巨響，就像是夏日暴雨中不間斷的雷鳴聲，震得我們幾個膽戰心驚、頭暈目眩。

「我要幫玉米超人！」

儘管知道在這場對戰中，自己的力量微不足道，但我們也不能宛若事不關己的作壁上觀，因此我撿起地上的石頭，朝苦瓜精身上丟。

土豆、小妍和小梅子見狀也紛紛仿效，沒想到這些石頭竟一一穿過苦瓜精的身體，掉到另一邊去。

「愚蠢的人類，不要白費力氣了，你們還不明白嗎？我的身體是由無數苦瓜的怨念聚集而成，可以有形，也可以無形，隨我任意轉換。此刻的我，用你們人類的話來說，就是『鬼』。」

苦瓜精一說完，倏地，三支「短箭」朝我們射了過來！

在這空曠之地，根本無處可躲，苦瓜精的突襲，讓我們連反應的機會都沒有，玉米超人想救援也同樣來不及——

「咻！咻！咻！」三支「短箭」不偏不倚插進我們眼前的泥地上，幾乎整支沒入土裡，僅剩仍在微晃的箭尾看得見。

「還……還好……沒射到。」

「好佳哉！就差那麼一點點。」

就在小妍、小梅子和土豆慶幸沒被射中時，我正蹲著細看苦瓜精射出的「短箭」。

「裕民，你在看什麼？這些『短箭』有什麼特別之處嗎？」土豆這時才注意到我沒跟他們一起「慶幸」。

「這不是短箭，它應該是苦瓜藤上原本就有的『細柔毛』。」

「什麼？是藤上的細柔毛？」

「沒錯，是我們曾用手摸過的細柔毛。」

沒想到，細柔毛變粗這麼多倍之後，經苦瓜精的藤蔓用力一甩，竟然能化成短箭，真是讓人感到意外。

「或許……苦瓜精是故意沒射準的。」我大膽提出自己的看法。

「為什麼？」土豆問。

「我猜對苦瓜精來說，我們四個只是『誘餌』，不然怎麼可能兩次近距離攻擊都沒擊中？它真正的目標應該是玉米超人，接下來可能會繼續使用類似手法，假裝攻擊我們，迫使玉米超人出手救援，它再趁隙對玉米超人發動突襲。從一開始的藤蔓到細柔毛攻擊，應該都是苦瓜精引出玉米超人的詭計……」

話還沒說完，又有「短箭」飛射過來，這次玉米超人有事先提防，它連續擊發三枚玉米砲彈攔截，讓「短箭」全射進玉米粒裡，一起掉落在地上。

苦瓜精的「短箭」隨即以天女散花方式襲向玉米超人，而玉米超人也不是省油的燈，它綠色斗篷帥氣一甩，「短箭」全被斗篷「收了起來」。

苦瓜精見自己奮力一擊仍無法占上風，在一聲怒吼之後，消失在我們面前。

「耶！玉米超人大獲全勝！」

「所謂『大難不死，必有後福』，我看我們很快就可以離開棄食

島了。」

我們四個臉上終於重現歡欣的表情，也不忘向玉米超人道謝。

「玉米超人，謝謝你救了我們。」

「不客氣，我只是盡自己的力量。」

此刻，我們才真正有機會和玉米超人面對面聊天。

「玉米超人，苦瓜精說它是『鬼』，那你呢？」小梅子問。

「妳可以自己摸摸看。」

玉米超人微笑著蹲了下來，它伸出的手指停在半空中，打算讓小梅子自己觸摸，而小梅子也大方的伸出右手。

「這觸感跟裕民掛在褲環上的布偶是一樣的耶！」

聽到小梅子的笑聲，我們三個也伸手去摸，果真是一樣的，但我特別感到不同的是，多了一份阿嬤深深的愛。

「其實，今天發生的一切都有脈絡可循……」玉米超人若有所思，緩緩的說。

「怎麼說？」我問。

「從裕民的阿嬤開始製作我的那一刻起，她總是邊縫邊唱著：『吃飯時，坐坐好，手拿勺子碗扶牢，細細嚼，慢慢咽，一口一口全吃掉。』」

「啊！那是我小時候，阿嬤餵我吃飯時最愛唱的歌。」我忍不住驚呼，打斷了玉米超人說話。

但玉米超人不受影響，繼續說道：「我每天聽、每天聽，聽到後來發現自己竟然有了意識——也許從那時候開始，我就被賦予了改變棄食島的使命吧！接著，我成為裕民掛在褲環和書包上的布偶，常常跟著裕民在教學農場裡忙碌著。有一天，我從龍眼樹下的洞口得到茄怪的訊息，它希望有人可以前往棄食島拯救島民，因此我才引導你們一路來到這裡。」

「原來如此，我一直以為你肚子裡有裝電池。」土豆笑著說。

「我確實只是個布偶，但說也奇怪，只要是和棄食島相關的事物，我就會跟苦瓜精一樣擁有魔力。」

「不對，你擁有的不是魔力，而是正義的力量。」始終保持沉默的小妍說話了。
「小妍說得對，你代表的是正義的力量。」我們三個齊聲應和。
「對了，你知道茄怪說的『棄食島要沉了』，這句話是什麼意思嗎？」我又問。
「這句話真正的意思是，如果人類再繼續讓食物出現在棄食島的話，這座島終將被『棄食』所淹沒，猶如沉沒一般。」
玉米超人的說明讓我們四個頓時不知該回應什麼，因為在苦瓜精的VR虛擬實境裡，我們都看到彼此浪費食物的一面。
「我想苦瓜精暫時不會再出現，你們應該累了，先睡一下吧！」
玉米超人說得沒錯，我們真的累了，在它的保護下，我們很快就

進入夢鄉。我還做了一個夢，這個夢真實呈現許多事情。

那是一座種滿各種蔬果的寬闊農場，那些蔬果不但會說話、會走動，還有著自己的意識，而我居然聽得懂它們在說什麼，甚至跟它們對話。

「我希望自己在成熟後，能進入速食餐廳，變成大家都喜愛的薯條。」馬鈴薯開心的說著。

「太天真了，你們有不少前輩因為長得不夠『正』，不僅無法變成薯條，還被放到發芽，最後被人類以『你有毒』的理由丟掉。」

「我們南瓜最厲害了，最長可以放超過一個月，真希望能成為高

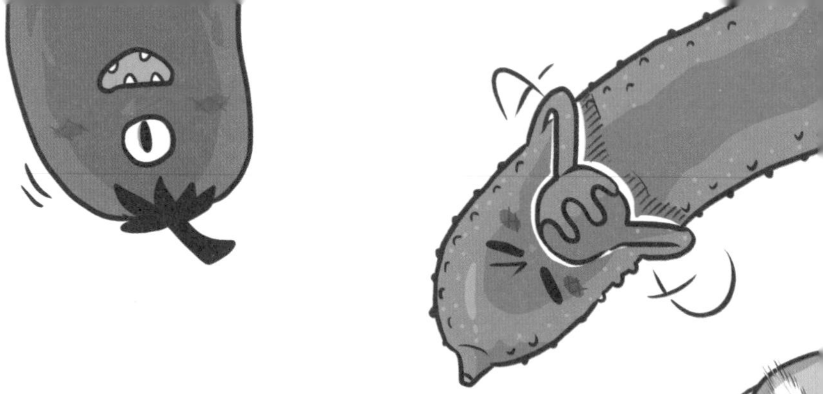

級餐廳裡的食材。」南瓜興奮的說。

「南瓜可以放得比馬鈴薯久，但也常因人類保存方式不正確，等到要食用時，才發現你們的身體已爛了一大片，還是被丟掉。」

「我的表皮這麼光滑，一定能吸引很多人類的注意。」牛番茄說。

「再怎麼光滑也沒用，多放個幾天，你的

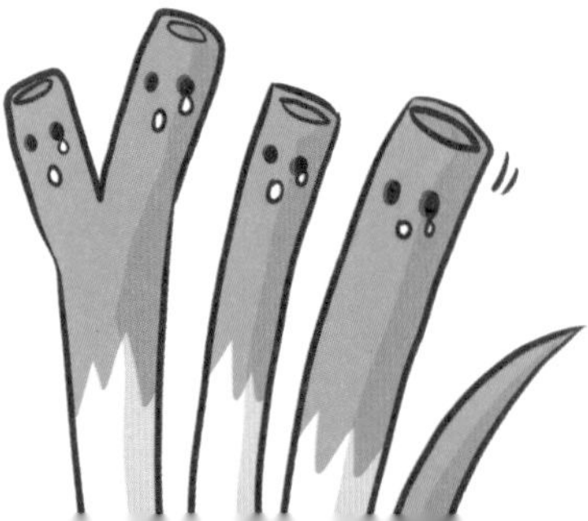

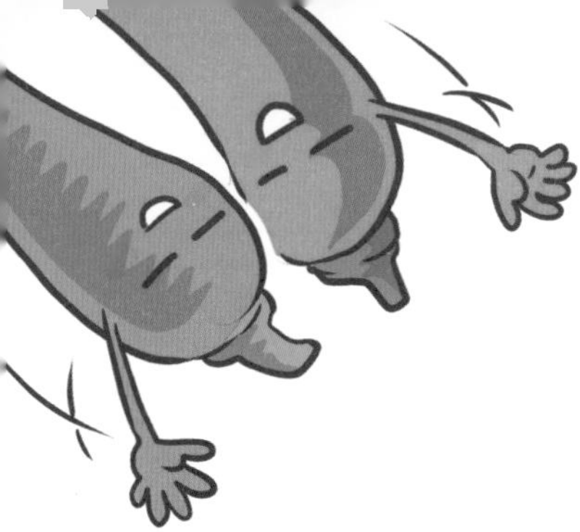

皮就皺掉了，到時也不會有人類要吃你。」

蔬果們原本開心說著自己的願望，卻被一旁的苦瓜吐槽，搞得原本歡樂的氣氛變得死氣沉沉的，再也沒有其他蔬果願意開口說話。

苦瓜見大家閉口不語，竟還繼續調侃蔥和秋葵：「那個蔥前輩本來站得直挺挺的，但是

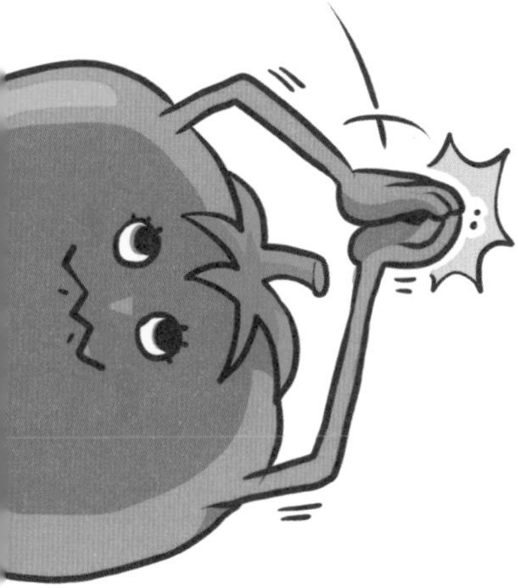

去了人類世界後，被放到身體變得乾黃、腰也站不直時，還沒有人類理會它。」

「秋葵前輩也是，原本又綠又漂亮的住進冰箱裡，後來被其他晚到的食物擋住，在沒有被人類注意到的情況下，身體開始發黑，最後也是被直接丟棄。」

「苦瓜，你別說了。」大蒜突然說話了。

「憑什麼要我住口！」苦瓜不以為然的反擊。

「你一開始的願望難道不是跟我們大家一樣，想被人類珍惜重視嗎？」

「誰說的？」

「我的前輩告訴我的，它說人類製作苦瓜料理時，我們大蒜有時會被用來調味，所以我們大蒜知道一些關於你們苦瓜的事。」

「你胡說！」苦瓜仍想辯解。

「我沒胡說。我的前輩說，當愈來愈多烹煮過卻沒人要吃的苦瓜被丟棄後，你就變了。」

也許是心事被說中了，苦瓜的臉色一陣青一陣白怒喘著氣，最後一言不發的走了。

這空氣凝結的場面，在大家的情緒逐漸回復後，我才有機會詢問大蒜關於苦瓜的事。

大蒜說：「『為什麼煮了我們又不吃？為什麼吃了我們又吐

掉？』這些事情讓苦瓜一直憤憤不平，因此變得憤世嫉俗，怨念也愈積愈多、愈積愈深。」

「苦瓜的想法跟我們不同，我們只想離開棄食島回到人類世界，可是苦瓜憎恨人類，總是逼著我們跟著它一起憎恨。」大蒜繼續說著。

「聽你這麼說，大多數棄食島上的島民都想回到人類世界嗎？」我想確定自己沒有聽錯，便又問了一次。

「沒錯，這裡絕大多數的島民並不想仇恨人類，況且我們也沒有做錯事情，只是長得比較不好看、味道不香甜而已，我們很希望自己的存在能更有意義。」大蒜說出了多數島民的心聲。

「怎樣有意義？」我問。

「不要因為我們長得不好看就丟棄我們。」牛番茄開口。

「不要因為我們身上有傷疤就不要我們。」茄子也說話了。

「不要長途運送我們後，又因為被飛機的密閉機艙悶壞而淘汰我們。」

「人類若能取用當地食材，就不會造成這些浪費。」

「不要因為自己沒有注意保存期限就大量購買，最後卻因為過期而丟棄我們。」

在茄子也附和後，馬鈴薯、南瓜和秋葵也都說出自己的心聲。

「我希望每一個孩子都能因為我們的存在，得到充足的營養和飽足感。」

「能健康成長、茁壯。」

「不要因為肚子餓，而無法專心上課。」

「更不要有人因為擁有的東西太多，而浪費、丟棄食物，有人卻因為物資不足，導致營養不良，甚至失去生命。」

「原來，你們這麼善良。」

就在我由衷佩服棄食島島民的氣度時，身體突然晃動，我便從夢中醒來了。

土豆三人也幾乎在同一時間醒來。

「我做了一個夢。」我說。

「我也做了一個夢。」

「我也是。」

「Me too.」

當我分享夢境內容後，才發現大家都是做同樣的夢。

「看來只有讓苦瓜精的怨念散去，棄食島的危機才得以解除。」

我說。

「那我們該怎麼做？」土豆問。

「讓大家養成不浪費食物的習慣。」小妍回應。

「還要開始喜歡苦瓜。」小梅子說。

「就從我們班上的人開始。」我點點頭。

「我想，這是最好的結束方式。」在一旁沉默已久的玉米超人開口說話了。

玉米超人說得沒錯，這夢境或許也是它有意安排的。不管如何，浪費食物這件事是我們不對，現在我們有覺醒的機會，一定要努力改正。

「我們回去吧！」我說。

「是啊！我們都想家了！」小梅子接著說。

「那請你們跟我來。」

最後，在玉米超人的引導下，我們一一穿過時光洞穴，終於離開這個異世界。

08 契機

在一陣暈眩後，我們回到了人類世界——我們仍在龍眼樹下，而玉米超人已經好端端掛回我的褲環上。

「喂，玉米，你們在那邊幹嘛？」

在我還沒回神之際，就聽到豆花對著我大叫。

「豆花，我們去看看。」

接著是泓益的聲音。

「你們四個在這裡做什麼？」

轉眼間，豆花跟泓益已經一起來到我們面前。

「現在是什麼時候了？」我問。

「對，是什麼時候了？」土豆、小妍和小梅子也跟著問。

「什麼『什麼時候』？你們在說什麼？不就是大家在闖關的時候嗎？」

「闖關？」我們四個齊聲驚呼。

「有什麼問題嗎？我和泓益過關之後，想到操場上活動一下，就看到你們四個在樹下不知道做些什麼。」

「你們兩個才剛過完關？」我仍是一臉驚訝。

「是啊！怎麼了？」豆花一頭霧水的反問。

「別說笑了，你們是闖了一天一夜的關卡嗎？」小梅子不可置信的問。

「什麼『一天一夜』，妳才在說笑，文祥和米粉妹還在奮鬥哩！」

順著泓益手指的方向看去，我雖看不清誰是文祥、誰是米粉妹，但川堂確實還有闖關活動正進行著。

我們四個互望一眼後，深深的吐了一口氣。我覺得其他三人一定和我有著一樣的想法——原來我們在棄食島發生那麼多事，在人類世界竟只是如彈指之間般短暫。

「你們到底在這裡幹嘛？」豆花不死心的又問了一次。

「我……」

一時之間我真不知道該怎麼說，如果說自己去了一趟棄食島，在那裡遇到茄怪和苦瓜精，玉米超人還和苦瓜精打了一架，會有人相信嗎？

泓益見我一時之間「說不出口」，土豆、小妍和小梅子也沒有要開口回應的樣子，竟異想天開的說：「你們該不會是在這裡偷偷約會吧？」

「約你個大頭鬼，我們三個是跟著土豆這尊『苦瓜守護神』來看看農場苦瓜的生長情形，但太陽實在太大了，就先過來樹下休息。」

小梅子反應機靈，不但藉機輕敲了一下泓益的頭，也順利把焦點轉移到「苦瓜」身上。

「沒錯，就是這樣。」小妍也出聲附和。

「是啊！我們來這邊埋伏，看那個偷摘苦瓜的人會不會出現。」我意有所指的說著。

「苦瓜又還沒熟，摘了也不能吃，摘來幹嘛？」豆花不明所以的問。

「也許摘了可以丟到某個地方，例如龍眼樹下的洞裡……」土豆跟著幫腔。

我靈機一動，找了個「最合理的藉口」，土豆也配合我的說

詞。豆花完全沒有懷疑，倒是泓益顯得很不自在，畢竟他「瞎子吃餛飩」，自己心裡有數，把苦瓜摘下來丟棄的「凶手」是誰。

闖關活動結束後，我們一起回到教室裡。課堂上老師說些什麼我不是很清楚，因為腦袋裡都在為怎麼讓大家喜歡吃苦瓜而煩惱著。

我轉頭看向土豆三人，感覺他們也跟我有著一樣的煩惱，所以無心聽課。

放學前，我們四個聚在一起討論接下來該怎麼做。

「我們利用班會時間，討論如何讓大家喜歡苦瓜怎麼樣？」我提議。

「這是個好方法，小妍妳覺得呢？」小梅子問。

班會是班長小妍負責主持的，她點點頭表示沒問題。

「那我們先回家找相關資料，明天班會就由我這個『苦瓜守護神』來提案討論。」土豆的自告奮勇贏得我們三個讚美的眼神。

第二天班會，土豆在提案後，接著說：「在擔任『苦瓜守護神』這段期間，我每天看著苦瓜成長，竟然有種莫名的感動，我心想，如果能吃到自己親手栽種的苦瓜，不知道會是怎樣的感覺。我知道，苦瓜很苦，但我也知道，苦瓜是一種很有營養的蔬菜，所以當教學農場裡的苦瓜成熟後，我願意嘗試吃吃看。古人說『吃得苦中苦，方為人上人』，雖然苦瓜的『苦』不是辛苦的『苦』，吃了也不會變成『人

上人』，但會讓我變得『營養更均衡，身體更健康』。因此，我才會提案，希望班上每個人都能跟我一樣當個『苦瓜守護神』，每個人都負責照顧一條苦瓜，陪著這條苦瓜一起成長。我喜歡苦瓜，苦瓜萬歲。」

我沒料到，土豆會有這麼一段言詞懇切的「真情告白」，真不知他昨天花了多少時間準備。

在土豆說完坐下後，隨即贏得夏老師一陣熱烈的掌聲，班上同學見狀，也跟著拍手，我、小妍和小梅子拍得特別用力。

「土豆的建議很好，有沒有人附議？」

「我附議。」

在我率先表態後，小妍、小梅子和班上原本就不討厭苦瓜的同學也跟著表態。至於泓益，則在我用眼神暗示下，他才心不甘情不願的舉手表示贊同。

「十四比十一，土豆的提案通過。」

這時，教室裡響起熱烈和有點「不得不為之」的掌聲。

「好，現在我們先讓班上原本就喜歡吃苦瓜的同學，說說自己為什麼喜歡苦瓜。」

夏老師接手小妍的主席工作，任誰都看得出來，他此刻的心情十分興奮。

「老實說，一開始我也不太敢吃苦瓜，但我家人讓我在第一次吃

苦瓜時，先蘸點蜂蜜和糖水，等我比較習慣後，再慢慢降低蜂蜜、糖水的量，最後我就可以完全接受苦瓜了。」

「如果苦瓜不要那麼苦，或許我可以試試看。」

「我想我也可以試試看。」

「我也是。」

聽完同學的分享後，文祥和部分同學都表達了願意嘗試的勇氣，這時換小梅子舉手發言：「我媽媽在料理苦瓜時，會先去籽和刮除內膜，接著再汆燙一下，她說這些步驟都可以降低苦瓜的苦味。」

「小梅子說得很好，苦瓜會隨著料理方式的不同，變得沒有大家想像的那麼苦。還有，你們知道嗎？苦瓜有『君子菜』之稱喔！」老師說。

「老師，為什麼？是君子都喜歡吃嗎？還是跟『吃得苦中苦，方為人上人』這句話有關？」泓益好奇的問。

「老師，我知道！」前一晚我在家也有做功課，就舉手想發言，在得到老師點頭示意後，我補充道：「苦瓜本身雖然會苦，可是當它跟其他食材一起烹煮時，卻不會把這種苦味傳給其他食材，像是烹煮苦瓜燒肉或苦瓜燒魚時，苦瓜的苦味並不會入到肉裡，所以才有『君子菜』的美稱。」

「嗯，裕民說得沒錯，還有沒有人要補充相關資料？」老師又問。

「苦瓜的維生素C是蘋果的十七倍，它的營養價值真的很高，尤其在夏天食用苦瓜，可以降火氣。」小妍說。

班上每個人都是「苦瓜守護神」一事已成定局，因此大家發言十分踴躍，老師也很有耐心的一一解答，因為他真的希望班上沒有人會「排擠」苦瓜。

隔天一早，夏老師帶領全班來到教學農場，他讓每個人認養「自己最中意」的苦瓜，然後在上面掛上姓名牌，以免日後搞混了。泓益也選定其中一條，掛上自己的姓名牌。至於那些沒人認養的苦瓜，全都歸老師一人照顧。

這件事可算是皆大歡喜的落幕了，我們四個都希望能就此化解棄食島上苦瓜精的怨念。

兩週後，苦瓜愈長愈大，看起來都很健康。這段期間，大家都很用心照顧苦瓜，就連泓益也不例外——他在被暗示自己做的「好事」東窗事發後，就沒有再做出丟棄苦瓜那種「偷雞摸狗」的事。

這天，夏老師帶領全班到教學農場看看有哪些苦瓜熟了。

「泓益，你的苦瓜可以採收了。」老師視線一掃，很快就鎖定了目標。

命運的安排就是這樣，泓益當初是故意挑選一條相對瘦小的苦瓜，希望可以晚點採收，沒想到這苦瓜雖小，卻「志氣高」，比其他

同學認養的苦瓜都還早成熟，成為夏老師第一個點名的對象。

泓益無論再怎麼想逃避，也只能乖乖把苦瓜「請下來」。

老師接著又點名兩條可以採收的成熟苦瓜，請認養的同學摘下後，我們就先回教室，老師則去了一趟廚房，請廚房阿姨幫忙烹煮這些苦瓜後，跟著營養午餐回到教室。

「關於今天烹煮的三條苦瓜，你們有沒有什麼看法？」

夏老師一回到教室劈頭就問「看法」，可是我們實在不懂老師的意思，因此沒人回應。

「那……泓益你說說看。」

泓益負責照顧的苦瓜，今天搶得頭香採收，老師點名要他回答，

一點都不令人意外。

「我覺得像苦瓜這樣有營養的好東西，一定要『有福同享』。」

「泓益說得很好，老師也是這樣認為，中午用餐時大家就一起分享這些苦瓜吧！不過，大家也別擔心，老師昨天特地去超市買了絞肉，剛才也請廚房阿姨盡可能降低苦瓜的苦味——今天這道『苦瓜肉燥』，肯定讓大家有不一樣的感受。」

泓益使出這招算他厲害，現在大家都「有難同當」了，倒是老師那些「超前部署」的舉動，讓人覺得他是有預謀的。

午餐時間，我們每個人都在老師的「監視」下，享用了苦瓜肉燥。也許是廚房阿姨廚藝好，也許是肉燥發揮了功效，也許是苦瓜沒

有大家心裡預期的苦，更可能的答案是「以上皆是」，總之，今天的苦瓜肉燥大家都吃完了。儘管過程中仍有少數同學出現「苦瓜臉」，但這次仍不失為一次很棒的體驗。

「看大家這麼捧場的把苦瓜肉燥吃得精光，今天的回家功課我就少出一點。」

夏老師看來心情相當好，我們也少了一點功課，彼此都很滿意。

教學農場的苦瓜陸續成熟，老師倒是沒有每天都讓我們吃苦瓜，那些吃不完的苦瓜，他都拿到辦公室分送給其他老師。

就這樣過了十多天，吃苦瓜不再是什麼為難事，不少人還吃出了心得。

這天放學一回家，我寫完功課後就累得躺在床上休息，突然，我想起棄食島上的苦瓜精，真希望它的怨念能早一點消失……喔！還有，茄怪到哪裡去了呢？

這些問題讓我愈想愈「頭大」，就這麼昏昏沉沉的睡著了。

「裕民，裕民，起床了！」

我睜開惺忪睡眼，看到玉米超人竟站在我的床邊。此刻的它不像在棄食島上那麼高大，而是跟我差不多身高。

「發生了什麼事？」

「棄食島出現了青椒怪！」

09 青椒怪的復仇

「青椒怪——！」

我大喊一聲後，隨即從床上驚醒。

「裕民，你怎麼了？」

在廚房的媽媽聽到我的叫聲，趕忙上樓來關心，連在隔壁房間寫功課的妹妹也過來湊熱鬧。

「沒事，沒事，我做夢了。」

「沒事就好，可是我剛才怎麼聽到你大喊『青椒』？你是做了什麼夢？」

「媽，哥大概是知道妳正在炒青椒，連做夢都高興得大叫呢！」

「真的嗎？那真是太好了。」

媽媽聽了很開心的回到廚房，妹妹則對我扮了個鬼臉後，也溜回自己的房裡，至於她那些「不負責任」的言論，我將保留「追訴權」。

同時，那股青椒味已從廚房悄悄飄了上來，刺激著我的嗅覺。

青椒也是我們小學生不喜歡的蔬菜之一，它那獨特的味道和口感，真讓有些人不敢恭維，和苦瓜同為蔬菜界的「難兄難弟」。

我對青椒的態度是不喜歡、不討厭，但土豆就很害怕吃青椒，每次營養午餐出現青椒時，他都會拜託我幫忙「清零」。

晚餐時，我邊吃邊想著玉米超人在夢中說的「棄食島出現了青椒怪」這件事，心裡不由得湧上事態嚴重的不安感。

第二天一到學校，我連忙找來土豆他們三個。

「我想再去一次棄食島，你們覺得如何？」

「我跟你一起去。」

土豆二話不說，十分力挺。

「為什麼你還想去？這段期間，大家都很配合吃苦瓜，一點也沒有浪費，我想苦瓜精的怨氣應該消滅不少，搞不好連『蕈狀雲』都不見了。」小梅子說。

「棄食島可能出現了青椒怪。」

「青椒怪？」

我把夢中情景簡單說了一遍之後，原本還很遲疑的小梅子和小妍，也決定一起前往。

放學後，我們四個再次來到龍眼樹下，眼睛齊盯著洞口看，靜靜的，沒人說話。我想此刻他們三個的心裡應該都跟我一樣，還存著點擔心吧！

終於，土豆先開口了。

「裕民，是不是把玉米超人放在洞口，它就會帶我們到棄食島？」

「原則上應該是這樣，但我無法肯定，也只能先試試。」

我邊說邊解下褲環上的玉米超人，擺在上一次我們看到它的位置後，就靜待著玉米超人移動。

可是，這次我們等了很久，玉米超人就是文風不動。

「這……怎麼回事？」土豆問。

「難道玉米超人不想帶我們去？是因為棄食島變得很危險嗎？」

小梅子的說法也不無可能，如果哪個環節出了差錯，或是惹怒了那裡的「怪」或「精」，我們可能會像「肉包子打狗」，有去無回。

「會不會是這次少了『咕嚕咕嚕』的聲音？」

儘管小妍是我們四個當中膽子最小的，但她的邏輯推理能力不容小覷。

「很有可能，上次玉米超人搞不好就是受到這個聲音的召喚，才往洞內走去。」我說。

有了這個推測後，我們全部安靜下來，等著聲音出現。沒多久，洞口那頭終於傳來連續的「咕嚕咕嚕」聲，音量從微弱變得愈來愈大，我們四個全緊張的盯著玉米超人。

果不其然，玉米超人真的開始動了起來，我們不約而同都把手伸出去——

「哇！」

這次，我們墜落的位置和上次不同，是一個遍地都是各式各樣種子的地方。就在我們還一頭霧水之際，一道聲音從身後傳來——

「這裡很奇怪嗎？」

我們本能的轉頭一看，一株身上掛滿紅色、黃色、橘色、白色、紫色和紫黑色椒的超級大青椒「樹」，竟出現在我們眼前。

它應該就是「青椒怪」了。

青椒怪一開口就問我們「奇怪嗎」，而這裡的一切跟它的樣子真的是很奇怪，我卻不敢說出口，心裡只盼望著玉米超人趕快出現。

「奇怪嗎？」

青椒怪以咆哮方式再問一次的同時，它的身體四周颳起好幾陣有如龍捲風的怪風，將地面上的種子捲起後直竄天際，並將青椒怪團團圍住。

更可怕的是，青椒怪的頭頂上空出現無數閃爍電光，看得我頭皮發麻，頭髮都一根根豎了起來。

突然，其中一股龍捲風戛然而止，接著無數顆種子因離心力的關係，向我們襲來，我們趕緊閉上眼睛，用手護住口鼻——這些種子雖小，但以極速打在身上，其實還滿痛的。

不一會兒，攻勢停止，我們才敢張開眼睛。怎知一張眼，一束電光又向我們襲來，我們四個連忙向後縮了好幾步，而被電光擊中的地

面竟然燃燒起小火焰！

「這……這是真的閃電！」我驚呼。

「被種子打到，感覺怎麼樣啊？」青椒怪怪裡怪氣的問。

「痛，很痛。」土豆一臉痛苦，老實的說。

在一股莫名的憤怒下，我忘了害怕，毫不客氣的質問青椒怪：

「你為什麼要這麼做？」

「我要藉由這些種子，來教訓你們這些自以為是的人類！你們四個立刻脫掉鞋子，光著腳踩在棄食島的土地上，感受一下情緒的滋味！」青椒怪憤怒的說。

青椒怪說的「感受一下情緒的滋味」這句話不好懂，但前面兩句可是清清楚楚，我們四個見它怒不可遏，只能趕緊脫下鞋襪，立正站好。

當光裸的雙腳一接觸到棄食島地面，我突然感覺到「好寂寞」，可是這不是來自我內心的真實感受，而是有一股「寂寞感」從我腳底下竄上來。

我忍不住向後退了一步，沒想到，另一股「嫉妒感」又自腳底傳到我內心。

「這是怎麼回事？」

當我驚訝的跌坐在地上時，才發現小妍、小梅子和土豆三人早已坐在地上，他們的臉上分別還殘存著恐懼、沮喪和憤怒的神色。

「你們這些人類的小鬼，『情緒的滋味』如何啊？」青椒怪挑釁的問。

「這不是什麼好滋味。」

我說完之後，土豆、小梅子和小妍也跟著回應。

「對，一點都不開心。」

「也沒有幸福的安全感。」

「全都是負面的情緒。」

「是這樣嗎？你們說的負面情緒，我在棄食島上可是時時刻刻都在『品嘗』！另外，你們腳下的一顆顆種子，都是被人類丟棄的蔬果在腐爛後所留下的，它們每天在棄食島忍受被遺棄的寂寞、孤獨和害怕，夜以繼日，從不間斷！」

我注意到青椒怪的憤怒情緒高漲，掛在它身上各種顏色的椒也不斷晃動，感覺就快掉下來了。青椒怪似乎比苦瓜精更凶猛、更難纏，我擔心的伸手摸了摸褲環上的玉米超人，沒想到竟撲了個空。

「我在這裡。」

隨著熟悉的聲音響起，我們四個轉頭一看，玉米超人已站在我們身後。

「太好了，我們得救了！」

土豆大喊一聲後，連忙拎起鞋子躲到玉米超人身後，我、小妍和小梅子也機警跟上。

「你終於出現了。」青椒怪冷冷的說。

「我不許你傷害這些孩子！」

玉米超人的聲音讓人充滿安全感，一直處在緊繃情緒的我們，終於有了緩和的機會。

「你這個叛徒跟苦瓜精一樣，都只是棄食島上的A級怪物，而我是S級的，你根本奈何不了我。」青椒怪的態度囂張，根本看不起玉米超人。

「所以……你收服了苦瓜精？」

「沒錯，那傢伙只因為極少數的人類開始接受苦瓜、喜歡苦瓜，它的怨念竟慢慢降低到D級，比C級的茄怪還不如。」

對話到這裡我大概聽懂了，青椒怪口中的「A級」、「S級」就是棄食島妖怪的怨念程度，怨念愈高，其魔力和等級就愈高。可是，它為什麼說玉米超人是「叛徒」呢？

這時，原本在青椒怪上方閃爍的電光開始聚集、流動起來，漸漸形成一個不斷旋轉的電光圈，眼看一場激烈對戰又無法避免，玉米超人趕忙示意我們四個站遠一些。

大家原本預期青椒怪會再次射出閃電，沒想到它卻向我們丟出一顆紅色的椒。玉米超人隨即發射玉米砲彈將之擊碎，當紅色的椒在空中爆炸後，裡面竟飄出紅色煙霧，將我們四個團團圍住——

「裕民，都是你害的，不然我現在也不會被困在棄食島回不

去！」

「還不是你自己手賤，去抓我的玉米超人布娃娃！」

「小妍，別以為妳是班長就可以為所欲為！」

「妳說清楚，我哪裡為所欲為？妳才自以為了不起！」

我、土豆、小梅子和小妍突然湧起「憎恨的情緒」，不斷出言攻擊對方，直到包圍我們的紅色煙霧散去。

我們四個還來不及回神，紫黑色的椒緊接著被丟出來。玉米超人又以玉米砲彈擊向它，紫黑色的椒在爆炸後，隨即飄出紫黑色煙霧，再次將我們四個團團圍住——

「我不想活了……」

「我也是，我們根本回不去了……」

「在這裡只是徒增痛苦……」

「一死百了，可能是最好的選擇……」

這次我們感受到的是「絕望的情緒」，當這股情緒來到最高峰時，玉米超人突然用力搧動綠色披風，一股強大氣流隨之而至，將紫黑色煙霧沖散，我們四個的情緒才慢慢恢復正常。

我靈光一閃，大叫：「我懂了，這些不同顏色的椒，代表著不同的情緒，如果我們吸入這些煙霧，它就會讓我們深陷在那個情緒裡。」

「原來是這樣，好可惡。」

「好恐怖。」

這些煙霧帶來的情緒感受，比起光著腳踩在種子上的情緒感受強烈多了，因此我的推斷一出，大家都很認同。

「哈哈哈！」

看著青椒怪的狂笑反應，看來我是說中了。

「青椒怪，你太過分了，我要生氣了！」一直很溫和的玉米超人終於說出重話。

「跟我比生氣？從發芽的那天起，我時時刻刻都在吸收棄食島土地所蘊藏的憎恨、無奈、悲傷、嫉妒、憤怒、恐懼、慌亂、寂寞、沮喪和絕望等被丟棄食物們的情緒，但我卻只能藉由結出一顆顆不同顏

色的椒來排解，你說說看，我是不是比你更有資格生氣！」

很明顯的，青椒怪將自己的不幸遭遇，全歸咎於人類對蔬果的遺棄，這點跟苦瓜精一模一樣。

從苦瓜精事件來看，要消除青椒怪的怨念，同樣必須從「珍惜青椒」開始。可是，我們現在最大的危機是拿青椒怪沒轍，只要它丟出任何一顆椒，不論是落地後自行爆開，還是被玉米砲彈打爆，這些散出的煙霧都會影響我們。

更可怕的是，那些椒被丟出後，隨即在原處又長出一顆椒，根本沒完沒了，除非玉米超人不管我們四個的死活。

突然，青椒怪頭頂上的電光，無預警朝玉米超人射去。玉米超人

雖用玉米砲彈抵擋，卻顯得左支右絀，部分因砲彈撞擊而散開的電光，還傷到了玉米超人。很快的，玉米超人的砲彈用光了，它累得蹲了下來。

　　我們四個趕緊上前關心，奇怪的是，青椒怪並未阻止我們，也沒有對玉米超人繼續發動攻擊，而是靜靜的聽我們說話。

「玉米超人，你還好吧？」我問。

「我……沒事……」

「你別逞強了，你這模樣怎麼會是『沒事』……」小梅子說。

「呵呵，被妳看穿了。聽好了，有些事情，我必須讓你們知道。」

「你說，我們聽。」小妍回應著。

「其實，我也來自棄食島……」

「什麼？難怪青椒怪會說你是叛徒！」我們齊聲驚呼。

「在棄食島上，我會變得這麼巨大，也是許多被遺棄玉米的『念』聚集在一起所致。只是我們始終對人類還有期待，而且我的運

氣比較好，遇到阿嬤給我身體，給我一股強大的善的力量，我才沒有變成棄食島上的『精』或『怪』。」玉米超人緩緩道出真相。

看來阿嬤真的在冥冥之中保護著我，而且此刻的玉米超人竟也叫她「阿嬤」。

「和苦瓜精不同的是，青椒怪是有實體的青椒，只是它現在被魔力所控制，無法自己。」玉米超人接著說。

這時，原本一言不發的青椒怪，竟在玉米超人提到它時，突然來到我們面前，對著玉米超人喊話：「比起苦瓜精，你更有能力，跟我一起憎恨人類吧！」

「不，我拒絕，你難道就不能放棄對人類的仇恨嗎？」玉米超人吃力的站了起來。

「來不及了，一切都太遲了……」

青椒怪突然愣住，接著喃喃自語，但很快的，它又恢復咆哮：「如果你不跟我站在一塊，那就必須消失！」

青椒怪的情緒再次激昂起來，感覺它又要發動攻擊時，天空突然傳來一道聲音——

「玉米超人，別忘了你擁有能超越S級妖怪的武器。」

「是我阿嬤的聲音！」我大聲驚呼著。

「那……那是什麼？」玉米超人似乎自己也搞不清楚。

「是你一直放在心裡的『愛』和『善良』。」

阿嬤的聲音到此就沒再出現，而玉米超人在複述一次「愛」這個字時，似乎有所領悟。它突然上前一步把青椒怪緊緊抱住，綠色披風也把它們兩個緊緊

纏繞住，我覺得玉米超人是要用心靈的「愛」來化解青椒怪的仇恨。

青椒怪不斷掙扎，它身上的椒紛紛掉落，並且在地上爆開，隨即煙霧四散，我們四個只能自求多福的用手掩住口鼻，盡量減少被各種煙霧影響情緒。

時間一分一秒流逝，我不時張眼偷瞄它們，只見青椒怪的掙扎動作愈來愈小，而那些掉落在地上的椒，飄出來的煙霧也愈來愈少。

玉米超人發現我在偷看，連忙示意我閉上眼睛，接著不知過了多久，當我感覺到一切都恢復平靜時，才張開眼起身，發現煙霧都散去了。

「看來，是沒事了……」

「耶！我們得救了！」

我們高興得歡呼起來，但下一秒，我們很快就發現不對勁——

「咦，玉米超人呢？」

「對耶，它去哪裡了？」

「沒有它，我們怎麼回去？」

我們四個分頭尋找，我發現地面上有許多被青椒怪的閃電打到後，留下的坑洞。突然，我看到一株看似營養不足的矮小青椒苗。

「你們快過來看。」

我像是發現新大陸般，把他們三個叫了過來。

「這……這是青椒怪嗎？」小梅子問。

「我想應該是。」我說。

「現在看到它真實的模樣，我真替它感到心酸。」

善良小妍的心情，我是能深刻體會的。

「玉米超人在這裡！」土豆一轉身，意外發現了它。

已變回原樣的玉米超人，就在一個坑洞口旁邊，它的姿勢和當初帶我們來棄食島時一模一樣。我們四個對視後，心有靈犀的點點頭，接著不約而同的把手伸了出去。

10 棄食島大翻身

回到了龍眼樹下，玉米超人仍安穩的掛在我的褲環上。我看了看手錶，這次我們只「離開」人類世界不到三分鐘的時間，校園裡還有不少人在活動，我們四個很有默契的找了個地方坐下來回神。

這一趟「棄食島歷險之旅」真是讓我們膽戰心驚，好在已回到現實世界，那裡的一切就先當作是一場夢吧！

「你們三個覺得青椒怪怎樣？」

小妍先開口了，在這之前，她很少第一個表達想法或是問我們意見，此刻她的問題聽來是有弦外之音的。

我知道她在問什麼，我說：「我覺得青椒怪並不是真的想傷害我們。」

「怎麼可能？它向我們丟『椒』，還用『電』打我們。」土豆一臉不可置信的說。

「如果青椒怪上方那些電光打在我們身上的話，不死也重傷，但它好像沒有真的要傷害我們的意圖。」我說明自己的想法。

「裕民說得有道理，我也有這樣的感覺。」小梅子也認同我的說法。

「也許青椒怪一直在等……」

小妍話說到一半突然停了下來，土豆迫不及待的問：「等……等什麼？」

「等『愛』，等人來接受它、愛它，因為被遺棄的日子實在是太孤單、太難熬了。」我接續小妍未說出口的話，她隨即點了點頭表示贊同。

小妍說：「我想，如果這一次我們仍只是處理青椒怪的問題，難保日後棄食島不會再出現『蒜頭精』或是『洋蔥怪』之類的妖怪。」

「小妍說得沒錯，我們可以再次利用班會來跟大家討論不浪費食物的議題。」

「好，沒問題。」

「我贊成。」

「No problem.」

在我的提議得到大家認同後，我們就各自回家。

在回家的路上，太陽距離地面的高度愈來愈低，可是我的步伐卻因心情變好而愈抬愈高，感覺沒走幾步路就到家了。

一進到家裡，隨即聞到廚房飄來的「青椒炒肉絲」味道。

「媽，好香喔！」

「那你晚餐時就多吃一點。」

「沒問題。」

這道菜不是媽媽第一次做，但今天吃起來的感覺就是不一樣，我似乎聽到那被吃進嘴裡的青椒在跟我說：「謝謝你，讓我的存在有意義。」

「裕民，你今天好像特別喜歡青椒。」

「有嗎？應該是媽媽的手藝又更上一層樓，讓我胃口大開吧！」

第二天到學校，我們四個決定要像之前推廣吃苦瓜那樣對待青椒。另外，在跟老師商量後，他也同意我們利用班會的時間來討論浪費食物的事情。

班會這天，小妍主持會議，她說：「我們今天的班會並不會按照

正常流程進行，而是有兩個議題要討論、分享，第一個是『浪費食物的自白』，第二個是『怎麼做可以不浪費食物』，我希望班上每個同學都能表達自己的看法。關於『浪費食物的自白』，是要大家說說自己最常浪費食物的行為，我會第一個發言，也希望班上同學能分享自己的經驗。」

小妍停頓了一下，視線快速掃過教室兩回，確定班上同學沒有其他意見後，她接著說：「我在家幫忙洗菜時，總會毫不猶豫的丟掉那些被蟲啃過的葉子。」

小妍的自白就如我在棄食島看到的ＶＲ畫面一樣。在她這個優等生真誠的坦白後，其他同學也毫無顧慮的說出自己心裡的話。

「我們家在速食店點餐時，常常會不小心點太多，沒吃完就丟掉。」

「我們家也是，在吃到飽餐廳拿了太多食物，吃不完又怕被罰錢，只好把它們藏在垃圾底下。」

「我阿公家有種菜，如果遇到盛產卻又賣不掉的時候，我都要去幫忙銷毀。」

同學們陸續說著，那幾個在棄食島有VR畫面出現的同學，除了泓益沒有提及自己就是偷摘苦瓜丟棄的人之外，述說的內容大致與我看到的差不多。

但因為泓益後來也有自我反省，改變了對苦瓜的態度，更加珍惜

食物，所以雖然他沒有當眾承認這件事，我覺得也沒那麼重要了。

當「浪費食物的自白」結束後，我們接著討論「怎麼做可以不浪費食物」，同樣由班長小妍先發表：「其實，我知道長得醜、長得瘦小，甚至被蟲蟲啃過的蔬果，一點也不影響其營養價值，甚至還賣得更便宜，以後我會改掉浪費食材的行為。」

小妍說完後，我接著舉手發言：「我阿公是里長，我想建議他在里辦公室裡，設立『惜食冰箱』，鼓勵里民可以把家中多餘的食物拿來冰箱放，同時也讓需要食物的人可以自由拿取，這樣每一份食物都不會被浪費。」

其他同學也踴躍發言。

「我們家常買進口蔬果，我知道電視報導有說，『這些搭飛機來的蔬果，因長時間擠在窄小的空間裡，在碰撞受損後，很容易就變質發臭，有時下了飛機就直接被丟棄』，所以我要說服我的家人，以後買食材時，要有『食物里程』的觀念，盡量買在地且當季的食物來食用。」

「我下次到吃到飽餐廳時，會先拿少一點，若沒吃飽，再去拿取。每次只拿適量的食物，這樣可以避免浪費。」

每個人的發言都很棒，雖然不知道我們最後能不能做得好，但至少大家願意跨出自己重要的一步。

討論結束後，原本因巡堂經過，而好奇停在走廊上聆聽的校長，

走進了教室，他說：「你們班很棒，每位同學都願意做出改變，是全校的模範。」

得到校長的鼓勵，大家都很開心的鼓掌，這是為校長，也是為自己響起的掌聲。

隔天，早自習時間，老師一走進教室就對我們說：「昨天我們班會討論的主題和內容，校長覺得都很棒，因此希望我們能以演戲的方式呈現給全校同學看。」

「真的嗎？」

「好刺激喔！」

「我要演男主角。」

同學們大多都表現出十分期待的模樣。

老師指定小妍統籌這件事，他自己在幕後協助處理，小妍則找我、土豆和小梅子一起規劃。最後，我們決定將演出方向定為「如何不浪費食物，同時讓大家知道全世界有幾億人口正在餓肚子，甚至每年有數百萬人餓死」。

至於腳本內容，則以我們在棄食島的兩次遭遇，做為靈感發想的點子。

老師聽過我們的想法後，感到十分驚訝，覺得這是很創新的題材。他問我們是怎麼想到的，小妍搶先笑著說：「是黃裕民這個愛吃黃玉米的人，做夢夢到的啦！」

老師聽了「呵呵」的跟著笑了，雖不知他是真的相信還是根本不信，但老師還是很認真的協助我們完成《棄食島大翻身》的劇本。

至於角色篩選的環節，因為只有我們四人真正有遊歷棄食島的經驗，在「肥水不落外人田」的心態，跟一番「剪刀石頭布」對戰廝殺後，結果出爐——小妍是進入棄食島的探險者，而我就是陪伴她的玉米超人，至於小梅子和土豆則分別「當選」棄食島上的「苦瓜婆」和「青椒俠」。儘管他們對於自己成為反派人物頗有微詞，但還是接受了。

為了讓班上多數同學都能參與，我們多了不少路人甲乙丙丁等角色。

除了利用藝術課製作許多道具之外，我和小妍還特地在放假時，分別到土豆和小梅子家幫忙搞定「青椒俠」和「苦瓜婆」的造型。人選底定後，班上同學一連兩個星期都犧牲午休時間來練習，直到我們粉墨登場的那一天。

「各位同學大家好。」

「校長好。」

「我們學校一直在推動的食農教育，就是一種『親自動手做』的體驗教育，透過親自參與，來提升自己對食物的了解；透過耕作的勞動體驗，培養對食物和環境的尊重與感恩。今天，有一個班級要為大家演出一場戲，我相信這會是一齣很特別、很精采的戲，看過之後，

大家一定會有不一樣的啟發。現在，我們一起用最熱烈的掌聲來歡迎他們出場。」

在校長簡短有力的介紹，以及全校同學的掌聲中，我們魚貫就定位。等到我們向現場觀眾深深一鞠躬後，《棄食島大翻身》一劇也宣告正式演出。

演出過程中，臺下笑聲、掌聲和驚呼聲不斷，而臺上演員得到鼓勵，自然愈演愈起勁，形成一股良性互動，直到演出結束。

謝幕時，所有觀眾沒等主持人開口暗示，都很有默契的熱烈鼓掌——看來，我們的演出是真的成功了。

第二天，事情出現許多意想不到的變化，那些原本拜託我們班代為管理的「田」，一一被各個班級要了回去，就連一開始都沒參與的班級，也紛紛要學校多開一些「田」，好讓他們一起參與。

另外，這齣戲還意外捧紅了兩個人，那就是分別扮演「青椒俠」和「苦瓜婆」的土豆和小梅子。也許是我和小妍把造型弄得太吸睛，也許是他們兩個真的很有天分，總之，現在當土豆和小梅子出現在校園時，「青椒俠」和「苦瓜婆」的呼喊聲總是不絕於耳，其中以低年級的學弟妹特別認真，搞得他們兩人不太敢在校園裡「晃來晃去」。

這一切，目前看起來都很美好，我真心希望棄食島在大翻身後，我們還有機會能夠再次造訪，屆時島上一定呈現出全新的樣貌。

我看看手中的玉米超人，內心這樣期盼著，而玉米超人似乎也回

應我一抹更加燦爛的笑容。

彩蛋

棄食島妖怪真面目

玉米

原產於中南美洲，有很多品種和顏色，像是水果玉米、黃玉米、糯玉米等。成熟的玉米果實被包裹在綠色苞葉裡，正是玉米超人的綠色披風；一顆顆玉米粒是玉米的種子，就是玉米砲彈；長長的玉米鬚則是玉米的雌蕊，而玉米筍是玉米鬚尚未授粉的小果穗，也就是玉米小時候唷！

玉米筍

開花的玉米

茄子

原產於印度，英文叫作eggplant，原因是十八世紀歐洲人所看到的茄子品種，不是我們常看到的長條狀，而是鵝蛋大小的卵形果實，所以才有了這個英文名稱呢！茄子有圓茄、長茄、矮茄，也不一定像茄怪一樣都是我們常見的紫色，還有綠色、黃綠色、白色茄子。紫色的茄子花，就像小喇叭，花蕊豔黃，葉子的葉脈則是紫紅色喔！

日本圓茄

長茄

苦瓜

常見於熱帶亞洲，是沿著棚架攀爬生長的藤蔓植物，綻放著顯眼的黃花。苦瓜家族成員不少，乳白綠色的白玉苦瓜和小巧翠綠的山苦瓜都很常見，有兩頭尖尖的紡錘形，也有梨形和長橢圓形，表面有許多果瘤或條狀突起。苦瓜莖枝的細柔毛，就是苦瓜精用來攻擊黃裕民等人的「短箭」喔！

苦瓜

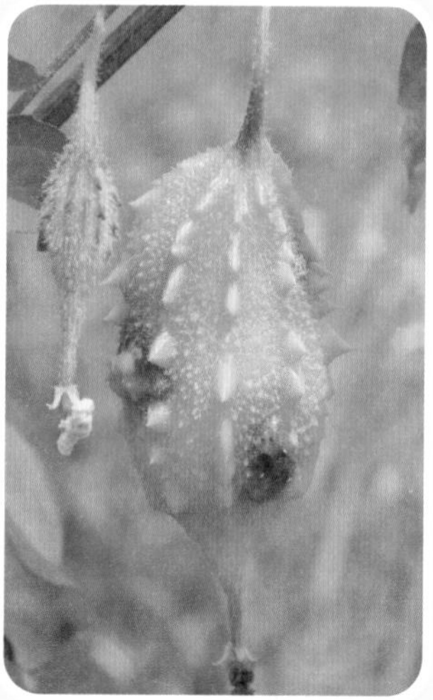

山苦瓜

青椒

青椒和甜椒都是辣椒的變種喔！彩色甜椒未成熟前，都是青色的，所以有人說青椒其實就是還沒成熟的甜椒——這說法並沒有錯，只是現在我們吃的青椒，都是改良品種，在變色之前就會採收；彩色甜椒也多半是栽培種，處於青椒階段的「青春期」比較短唷！

青椒

彩色甜椒未成熟前

農場生態補充包

荔枝椿象

在臺灣是外來入侵種，會危害龍眼、荔枝、柑橘等農業作物，若蟲體色鮮豔，成蟲黃褐色，腹面有白色蠟粉。荔枝椿象受到驚擾時，會噴射出具腐蝕性的臭液自衛，萬一碰到人體皮膚或眼睛，就有造成灼傷潰爛的風險。

黃斑椿象

臺灣原生種，從頭部至前胸背部中央有一條黃色縱線，常在行道樹樹幹上吸食樹液，受到荔枝椿象影響，壓縮生存空間。黃斑椿象雖對農作物會有

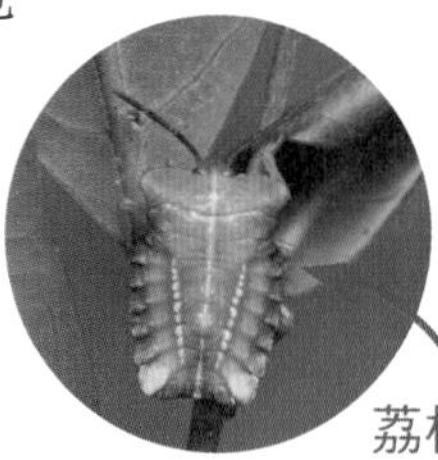

荔枝椿象若蟲

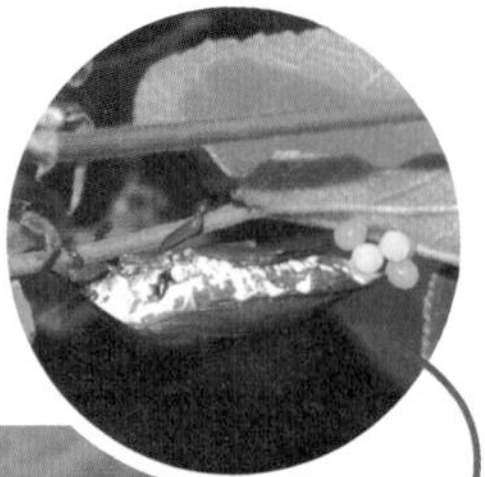

產卵中的荔枝椿象

黃斑椿象剛產下卵
平腹小蜂就來了。

黃斑椿象

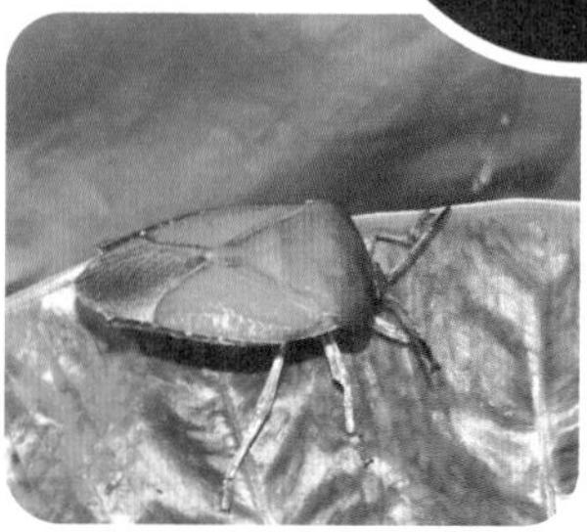

荔枝椿象

損傷，但很少持續性大量繁殖，屬於偶發性害蟲。

非洲大蝸牛

在臺灣是外來種，是臺灣目前體型最大的蝸牛之一，喜歡在潮溼環境活動，像是雨天及晚上。其會危害經濟作物，包括蔬菜和木瓜、香蕉等水果，造成農業損失。

紋白蝶及其幼蟲

臺灣菜園和田野間常見的紋白蝶，有紋白蝶和臺灣紋白蝶，其幼蟲統通稱為菜蟲，喜歡吃白菜、花椰菜、油菜、蘿蔔等十字花科蔬菜葉片，羽化變成蝴蝶後以花蜜為食。

臺灣紋白蝶的卵

臺灣紋白蝶雌蝶把腹部高高抬起拒絕雄蝶的追求。

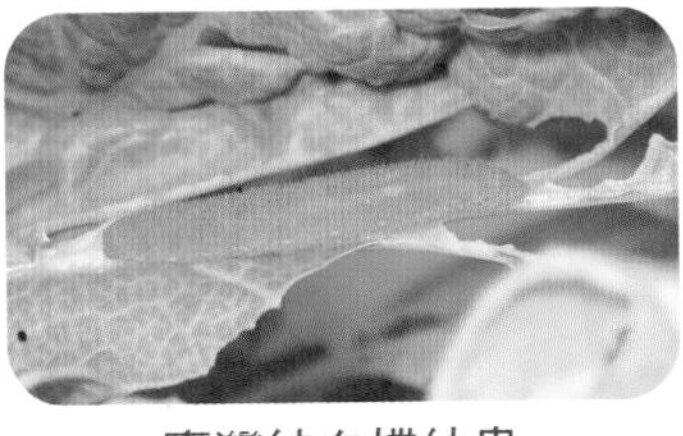

臺灣紋白蝶幼蟲

非洲大蝸牛

附錄

棄食島背後的故事

我們丟掉多少食物？

你知道臺灣一年丟掉多少食物嗎？根據環保署的統計，二〇一九年臺灣廚餘量高達約五十萬公噸，二〇二〇年更增加到五十三萬公噸，平均一天產生一千四百多公噸，也就是七十三輛二十公噸的大卡車才裝得下！

如果把這些不該被丟棄的食物，拿去給需要的人們，能讓多少人不再挨餓呢？

我們為什麼要丟掉食物？

你可能會感到好奇，幾十萬公噸食物被丟掉的原因到底是什麼？應該是它們不能吃了吧？可惜的是，真正不能食用的食物，只占了非常少數，絕大多數食物被丟棄是因為人們的「嫌棄」和「貪心」喔！

食物被丟棄的原因大公開：

一、**人們覺得食物長得「不夠漂亮」**：像是不夠大、不夠光滑、有黑點、長歪、被蟲蛀等。

二、**人們「買太多」**：像是一般家庭沒有注意到保存期限，或者是商店和賣場每天丟棄賣不完的食物。

三、**人們「點太多」**：像是去吃到飽餐廳用餐，取餐太多卻吃不完，只能倒掉。

四、**人們「不喜歡」**：像是去餐廳用餐或在學校吃營養午餐，挑掉自己不喜歡的食材。

五、**人們「煮食的浪費」**：像是廚師煮菜時會為了讓客人覺得「料理美觀又美味」，只取食材的小部分給客人食用，剩下的就丟棄，造成過度浪費。

六、**人們「長途運送食物」**：像是從國外進口食物，食物擠在又小又熱又溼的飛機機艙，很容易因碰撞或變質而腐爛發臭，甚至可能整批食物都報銷！

七、**人們搶種某種食物造成「產地過剩」**：像是農人可能因為某種農作物價格比較好，所以一起大量種植，結果造成產量太多，沒人買的農作物只能丟棄。

我們可以怎麼做？

知道原因之後，就讓我們一起來著手改善吧！愛惜食物可以這樣做——

一、**不挑剔**：蔬果無論美或醜，都一樣好吃，有時醜蔬果更便宜，甚至沒噴農藥，現在有一些「醜蔬果」平臺和餐廳可供選擇喔！

二、**取適量**：在餐廳取用適量食物，吃完不夠再去拿取；在商店或攤販適量購買，注意食物的有效期限。現在有一些大賣場更設有「惜食專區」，蔬果雖然熟透，但都還可食用，便宜又好吃！

三、**不挑食**：盡量吃完每一道食物。

四、**吃當季**：盡量選擇當季食材，美味又營養，種植與保存過程也不用耗費更多資源。

五、**用在地：**盡量選擇在地食材，可縮短食物長途運輸的「食物里程」，一來可減少過程中，因產生碰撞而丟棄食物的可能性，二來可減少運送食物耗費的能源。

六、**物盡其用：**世界上愈來愈多人發現，很多人在丟食物，但也很多人在餓肚子，所以推動了「剩食計畫」，也就是把多出來的食物蒐集起來，提供給有需要的人食用，例如：臺灣有很多「食物銀行」、「街頭冰箱」計畫，也有以剩食為街頭無家者烹煮餐點的「石頭湯」計畫喔！

台灣全民食物銀行

享食冰箱

國家圖書館出版品預行編目資料

棄食島大翻身/阿德蝸著；米奇鰻 圖. -- 初版. -- 臺北市
：幼獅文化事業股份有限公司，2022.04
面； 公分. --（故事館； 87）

ISBN 978-986-449-261-9（平裝）

863.596　　　　111003822

・故事館087・

棄食島大翻身

作　　者＝阿德蝸
繪　　圖＝米奇鰻
出 版 者＝幼獅文化事業股份有限公司
發 行 人＝李鍾桂
總 經 理＝王華金
總 編 輯＝林碧琪
主　　編＝沈怡汝
特約編輯＝劉詩媛
美術編輯＝游巧鈴
總 公 司＝10045臺北市重慶南路1段66-1號3樓
電　　話＝(02)2311-2832
傳　　真＝(02)2311-5368
郵政劃撥＝00033368

印　　刷＝錦龍印刷實業股份有限公司
定　　價＝320元
港　　幣＝106元
初　　版＝2022.04
書　　號＝984274

幼獅樂讀網
http://www.youth.com.tw
幼獅購物網
http://shopping.youth.com.tw
e-mail：customer@youth.com.tw

行政院新聞局核准登記證局版臺業字第0143號